全新

專為華人設計的俄語教材

自學俄語
看完這本就能說！

字母＋發音＋單字＋文法＋會話一次學會！

全MP3一次下載

http://www.booknews.com.tw/mp3/9786269756544.htm

全 MP3 一次下載為 zip 壓縮檔，
部分智慧型手機需安裝解壓縮程式方可開啟，iOS 系統請升級至 iOS 13 以上。
此為大型檔案，建議使用 WIFI 連線下載，以免占用流量，並確認連線狀況，以利下載順暢。

Features
本書特色

本書分為四個章節。第一章「發音課・俄語字母與發音規則」在簡單介紹俄語字母之後，接著講解俄語每個音的發音要訣，並附上側面口型圖、真人口型圖、代表性的例子，並讓讀者在單字中練習字母的發音、快速入門。

第二章「文法課・基礎文法與構句」以心智圖和表格為輔助，彙整最基礎的文法與句子結構，講解由淺入深，符合學習規律。

第三章「單字課・最常用的分類單字」將日常生活中常用的詞彙進行歸納，並以心智圖呈現，有效達到單字量的長期記憶。

第四章「短句＆會話課・日長短句與情境會話」涵蓋最道地的俄語日常會話情境，每個場景下配有使用最頻繁的短句及其同義句、反義句、問句等相關的句子，每個場景並另外搭配 2 組會話。在學習完短句與會話之後，頁面下方的文法解說和文化連結專欄，將有助於讓讀者的俄語學習更加全面，更句實際意義。

本書特色如下。

◎ 內容全面，一本搞定多種科目的俄語學習書
本書規劃了俄語發音、基本文法、常用單字、情境會話這些章節，結合心智圖來幫助理解與記憶，適合初學者、自學者快速入門。

◎ 搭配心智圖、表格及例句，俄語文法一學就會
在文法章節中，依照先講解詞性、後講解句子結構的順序，由淺入深，逐一說明常見文法點。搭配心智圖和實用例句，告別全文字枯燥的學習模式。

◎ **依主題分類，串聯式記憶大量俄語單字**

　　嚴選最生活化的 27 個主題，收錄 1000 多個常用單字，利用心智圖串聯式記憶，達到長期記憶的效果。

◎ **依實際場景分類，列舉常用短句和對話，日常交流沒問題**

　　嚴選 16 個最常用的日常生活場景，利用聯想記憶的方法，每個主題句下方再搭配同義句、反義句、問句、答句來進行聯想記憶，達到舉一反三的效果，讓您在任何場合下都能游刃有餘地用俄語進行交流。另外，每個場景後設置「文法說明」和「文化連結」專欄，作為對正文各小節內容的補充，為您營造更加真實的學習氛圍。

如何使用 這本書

逐音分類系統式教學
心智圖聯想常用單字
零基礎也能輕鬆學俄語！

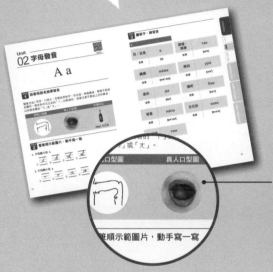

01 俄語發音真的好簡單

沒學過俄語，也能輕鬆說出口

　　為完全沒有任何俄語基礎的人設計，搭配 QR 碼音檔及口腔發聲位置圖，從最基本的子音、母音到半母音，每個音只要跟著唸就會學會。搭配相關練習單字與國際音標，打好俄語發音基礎。

02 俄語單字輕鬆記

初學俄語，這些單字就夠了！

　　嚴選 27 個最生活化的主題，收錄 1000 多個常用單字，運用心智圖記憶法達到長期記憶的目的。

　　以心智圖的方式呈現，依主題囊括了常用與專門的單字，不論是用在日常生活，或是用在特殊話題，這些單字都能發揮出實用性。

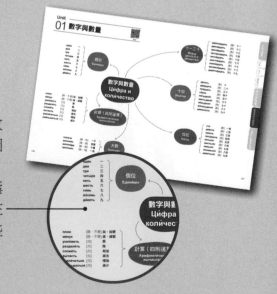

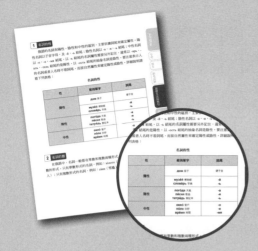

03 | 基礎文法體系徹底整理

再多學一點，實力就從這裡開始！

　　用最濃縮、統整的方式，將所有初級到中級必須知道的文法概念整理起來。你可以從表格清楚了解各種詞類變化，並且學到生活中用得上的多樣句型。

04 | 什麼狀況都能套用的常用短句

從單句快速累積會話實力

　　在會話單元中，先提供最常用的情境短句、同反義句與衍生句，以簡單的說明為輔助，讓你從基礎開始學習，累積溝通實力。

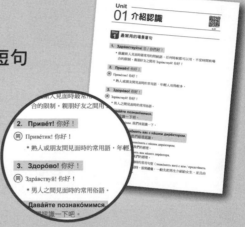

05 | 場景式生活會話

隨時隨地都能用俄語聊天

(1) 真實情境模擬會話

　　精選 16 個日常生活場景、兩組對話，包括寒暄介紹、電話交流、餐廳用餐、飯店住宿等，俄語圈的母語人士在日常生活中會用到的會話都在這裡！

(2) 文法說明、文化連結

　　貼心的文法及文化補充提供更加真實的學習氛圍，讓你更了解俄國人以及俄語圈母語人士的語言與文化。

CONTENTS 目錄

3   單字課
最常用的情境單字

會話課
日常短句與情境會話

1

發音課
俄語字母與發音規則

Unit

01 俄語簡介&俄語字母表

　　俄語屬於印歐語系中的斯拉夫語族，現代俄語的標準發音是以莫斯科發音為基礎。俄語字母包括 33 個字母，其中有 10 個母音、21 個子音和 2 個無音字母。母音較少，子音較多，而大多數子音有清濁和軟硬成對的特點。

　　俄語中 10 個母音字母分別是：а，о，у，и，э，ы，я，ю，ё，е。發母音時聲帶會震動，氣流通過口腔時不受阻礙。21 個子音字母分別為：м，н，л，р，п，б，ф，в，т，д，с，з，ш，ж，ц，ч，щ，к，г，х，й。發子音時，氣流在口腔中受到各種不同的阻礙。有些子音發音時聲帶會震動，被稱作濁子音；有些子音發音時聲帶不會震動，被稱作清子音。俄語的子音有成對的和不成對的清濁子音，成對的有 6 對：т—д，п—б，ф—в，к—г，с—з，ш—ж。

　　俄語中還有 2 個無音字母：ь 和 ъ。這兩個俄語字母不發音，在硬音符號 ъ 之前的子音是硬子音，軟音符號 ь 之前的子音是軟子音。單字中這兩個字母在位於子音字母和 я，ё，ю，е，и 之間時起隔音作用。

　　俄語中字母有大小寫之分，有印刷體和手寫體，33 個字母按照一定順序排列構成俄語字母表。

以下附俄語字母表。

印刷體	手寫體	印刷體	手寫體	印刷體	手寫體
Аа	$\mathcal{A}$ a	Кк	$\mathcal{K}$ κ	Хх	$\mathcal{X}$ x
Бб	$\mathcal{B}$ σ	Лл	$\mathcal{L}$ λ	Цц	$\mathcal{U}$ μ
Вв	$\mathcal{B}$ θ	Мм	$\mathcal{M}$ μ	Чч	$\mathcal{Y}$ τ
Гг	$\mathcal{T}$ $\imath$	Нн	$\mathcal{H}$ μ	Шш	$\mathcal{U}$ μ
Дд	$\mathcal{D}$ g	Оо	$\mathcal{O}$ o	Щш	$\mathcal{U}$ μ
Ее	$\mathcal{E}$ e	Пп	$\mathcal{T}$ π	Ъъ	$\imath$
Ёё	$\mathcal{\ddot{E}}$ $\ddot{e}$	Рр	$\mathcal{P}$ ρ	ы	ω
Жж	$\mathcal{W}$ $\varkappa$	Сс	$\mathcal{C}$ c	Ьь	θ
Зз	$\mathcal{Z}$ ϑ	Тт	$\mathcal{T}$ m	Ээ	$\mathcal{Z}$ ϑ
Ии	$\mathcal{U}$ u	Уу	$\mathcal{Y}$ y	Юю	$\mathcal{HO}$ ω
Йй	$\mathcal{U}$ $\check{u}$	Фф	$\mathcal{P}$ $\mathcal{P}$	Яя	$\mathcal{A}$ π

1-02-01

A a

Step 1 跟著俄語老師學發音

發音方法〉母音，口張大，舌頭自然放平。舌位低，稍微靠後，雙唇不是張成圓形。發音和中文注音的「ㄚ」比較接近，但要注意不要加上任何鼻音，以免發音變成「ㄢ」或「ㄤ」。

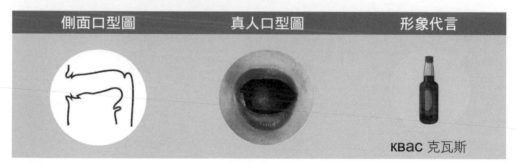

側面口型圖	真人口型圖	形象代言

Квас 克瓦斯

Step 2 看筆順示範圖片，動手寫一寫

1. 手寫體大寫 A

① ② ③ ④

2. 手寫體小寫 a

① ② ③ ④

14

Step 3 讀單字，練發音

a

而；但是	а	那樣，那麼	так
音標	[a]	音標	[ta'k]

媽媽	мáма	烏拉	урá
音標	[ma'-ma]	音標	[ura']

是的	да	酒吧	бар
音標	[da']	音標	[ba'r]

爸爸	пáпа	克瓦斯	квас
音標	[pa'-pa]	音標	[kva's]

在那裡	там
音標	[ta'm]

怎樣，多麼	как
音標	[ka'k]

1-02-02

O o

跟著俄語老師學發音

發音方法〉 母音，雙唇呈圓形前伸，舌頭後部抬高，上抬角度低，開口角度大。發音與中文注音的「ㄛ」相似。但要注意，在發音俄語的「o」時口型和舌位不要移動，不像中文注音的「ㄛ」舌位是由低到高，口型由大到小。

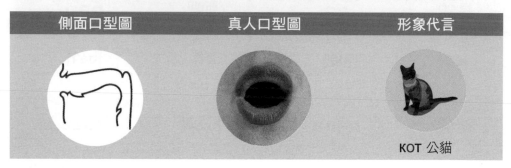

側面口型圖	真人口型圖	形象代言

KOT 公貓

看筆順示範圖片，動手寫一寫

1. 手寫體大寫 O

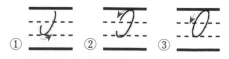

① ② ③

2. 手寫體小寫 o

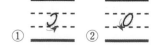

① ②

Step 3 讀單字，練發音

о

關於	О
音標	[o]

公貓	КОТ
音標	[ko't]

他	ОН
音標	[o'n]

年，歲	ГОД
音標	[go't]

這就是	ВОТ
音標	[vo't]

什麼	ЧТО
音標	[sh-to']

房子	ДОМ
音標	[do'm]

鼻子	НОС
音標	[no's]

誰	КТО
音標	[kto']

橋	МОСТ
音標	[mo'st]

1-02-03

У у

Step 1 跟著俄語老師學發音

發音方法〉母音，嘴唇向前突出，呈圓筒狀，舌頭後縮上抬，開口角度小。
發音與中文注音的「ㄨ」相似，但要注意與「ㄨ」的不同：俄語中的「у」發
音時嘴唇要用力向前伸，而中文注音的「ㄨ」發音時嘴唇的動作不明顯。

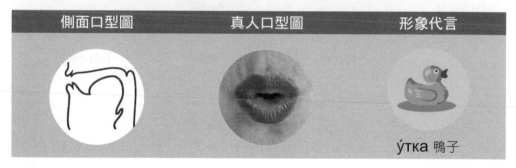

側面口型圖	真人口型圖	形象代言

ýтка 鴨子

Step 2 看筆順示範圖片，動手寫一寫

1. 手寫體大寫 У

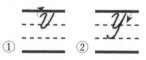

① ②

2. 手寫體小寫 у

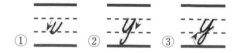

① ② ③

Step 3 讀單字，練發音

у

在～旁邊，在～那裡	у	鴨子	у́тка
音標	[u]	音標	[u'-tka]

才智，理智	ум	在這裡	тут
音標	[u'm]	音標	[tu't]

早晨	у́тро	去哪裡	куда́
音標	[u'-tra]	音標	[ku-da']

耳朵	у́хо	往那裡	туда́
音標	[u'-ha]	音標	[tu-da']

在早晨	у́тром
音標	[u'tram]

街	у́лица
音標	[u'-li-tsa]

1-02-04

M м

Step 1 跟著俄語老師學發音

發音方法〉鼻音，屬於濁子音的一種。發音時，舌頭處於自然靜止狀態，嘴唇緊閉形成阻塞，震動聲帶並伴隨噪音的氣流通過鼻腔，一部分進入口腔，當雙唇打開時可以聽到輕微的爆破音「м」。子音「м」位於字尾和嘴唇塞音（指嘴唇閉合，形成阻塞的發音，例如「м」、「б」、「п」），嘴唇只有閉合的動作，形成阻塞沒有爆破音。

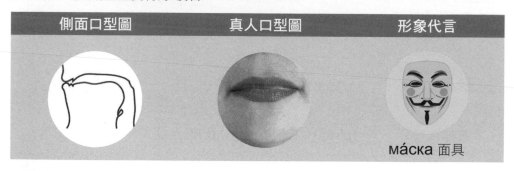

| 側面口型圖 | 真人口型圖 | 形象代言 |

мáска 面具

Step 2 看筆順示範圖片，動手寫一寫

1. 手寫體大寫 M

① ② ③

2. 手寫體小寫 м

① ② ③

20

Step 3 讀單字，練發音

M

我的（陽性）	мой
音標	[mo'-y]

時尚	мóда
音標	[mo'-da]

我的（陰性）	моя́
音標	[ma-ya']

丈夫	муж
音標	[mu'sh]

我的（中性）	моё
音標	[ma-yo']

我們（第三格）	нам
音標	[na'm]

我的（複數）	мои́
音標	[ma-i']

您；你們（第三格）	вам
音標	[va'm]

面具，口罩	мáска
音標	[ma'-ska]

商店	магази́н
音標	[ma-ga-zi'n]

1-02-05

H н

跟著俄語老師學發音

發音方法〉鼻音，濁子音。發音時，舌尖貼著下排牙齒，舌頭前半部貼住上排牙齒及牙齦前端，聲帶會震動，伴隨嗓音的氣流有一部分經過鼻腔，一部分則進入口腔。「н」在字尾等發音條件下發非爆破音。

發音和中文注音的「ㄋ」比較接近。

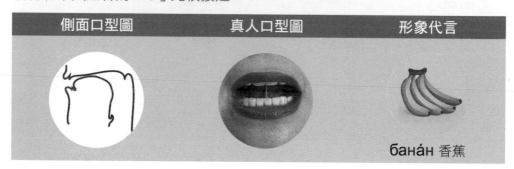

側面口型圖	真人口型圖	形象代言

бана́н 香蕉

看筆順示範圖片，動手寫一寫

1. 手寫體大寫 H

① ② ③

2. 手寫體小寫 н

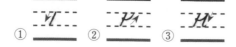

① ② ③

Step 3 讀單字，練發音

H

鳳梨	ананáс
音標	[a-na-na's]

腳；腿	ногá
音標	[na-ga']

但是	но
音標	[no]

刀	нож
音標	[no'sh]

嗯；喂	ну
音標	[nu]

檸檬	лимóн
音標	[li-mo'n]

在～上方	над
音標	[na'd]

香蕉	банáн
音標	[ba-na'n]

應該	нáдо
音標	[na'-da]

在～上	на
音標	[na]

И и

Step 1 | 跟著俄語老師學發音

發音方法〉母音，嘴唇向兩邊舒展，呈一直線，像在微笑。舌頭前端抬高。發音和中文注音的「一」相似。但發俄語的「и」時舌頭中段上抬的幅度會比注音的「一」更高。

側面口型圖	真人口型圖	形象代言
		рис 米

Step 2 | 看筆順示範圖片，動手寫一寫

1. 手寫體大寫 И

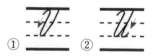

① ②

2. 手寫體小寫 и

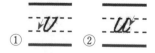

① ②

Step 3 讀單字，練發音

и

和	и
音標	[i]

或者	и́ли
音標	[i'-li]

自，從～裡（往外）	из
音標	[iz]

他們，她們，它們	они́
音標	[a-ni']

一點也不（語氣）	ни
音標	[ni]

米	рис
音標	[ri's]

電梯	лифт
音標	[li'-ft]

中國	Кита́й
音標	[ki-ta'-y]

瞬間	миг
音標	[mi'k]

外交部	МИД
音標	[mi't]

Э э

Step 1 跟著俄語老師學發音

發音方法 母音，嘴唇向兩邊舒展，嘴巴張成橢圓形，發音時舌頭不移動。發「э」時要注意舌尖輕觸下排牙齒，嘴巴張得比「и」大，比「а」小，舌頭向前移動，舌頭中段向上顎抬起，但比發 "и" 時的舌位更低。

　　發音與中文注音的「ㄝ」相似，但發音時嘴巴需更為張開。

側面口型圖	真人口型圖	形象代言

экра́н 螢幕

Step 2 看筆順示範圖片，動手寫一寫

1. 手寫體大寫 Э

① ②

2. 手寫體小寫 э

① ②

Step 3 讀單字，練發音

э

這個 （陽性）	э́тот	唉，嘿，喂 （表示招呼）	эй
音標	[e′-tat]	音標	[e′-y]

這個 （陰性）	э́та	樓層	эта́ж
音標	[e′-ta]	音標	[e-ta′-sh]

這個 （中性）	э́то	紀元	э́ра
音標	[e′-ta]	音標	[e′-ra]

這些 （複數）	э́ти	詩人	поэ́т
音標	[e′-ti]	音標	[pa-e′t]

回音	э́хо
音標	[e′-ha]

螢幕	экра́н
音標	[e-kra′n]

Ы

**Step
1** 跟著俄語老師學發音

發音方法〉母音，舌頭向後縮到發音「y」的位置，同時嘴唇稍微向兩側舒展。

發音與中文「呃－」的發音有些相似，發音時舌頭向後縮之後，舌頭再往前伸至顎部。

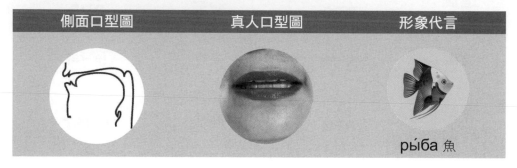

側面口型圖	真人口型圖	形象代言

ры́ба 魚

**Step
2** 看筆順示範圖片，動手寫一寫

1. 手寫體小寫 ы

注意 ы 沒有大寫形式。

① ② ③

Step 3 讀單字，練發音

ы

你	ты
音標	[tï]

是；在	быть
音標	[bï']

我們	мы
音標	[mï]

魚	ры́ба
音標	[rï'-ba]

你們	вы
音標	[vï]

煙霧	дым
音標	[dïm]

南瓜	ты́ква
音標	[tï'-kva]

水果	фру́кты
音標	[fru'-tï]

洗	мыть
音標	[mï't']

肥皂	мы́ло
音標	[mï'-la]

1-02-09

T т

Step 1 跟著俄語老師學發音

發音方法〉清子音，舌頭前端緊貼上齒牙齦和齒背形成阻塞，氣流突破阻塞而發出音，發音時聲帶不震動。阻塞與發音「н」時相同，但氣流會突破阻塞從口腔流出。

發音與中文注音的「ㄊ」相似，也與英文字母 t 的發音相似。

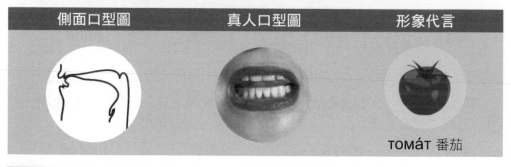

側面口型圖	真人口型圖	形象代言

томáт 番茄

Step 2 看筆順示範圖片，動手寫一寫

1. 手寫體大寫 T

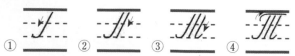

① ② ③ ④

2. 手寫體小寫 т

① ② ③ ④

Step 3 讀單字，練發音

т

蛋糕	торт
音標	[to'rt]

你的 （中性）	твоё
音標	[tva-yo']

那個 （陰性）	та
音標	[ta]

你的 （複數）	твои́
音標	[tva-i']

那個 （中性）	то
音標	[to]

那個 （陽性）	тот
音標	[to't]

番茄	тома́т
音標	[ta-ma't]

廁所	туале́т
音標	[tu-a-lye't]

你的 （陽性）	твой
音標	[t vo'-y]

你的 （陰性）	твоя́
音標	[tva-ya']

1-02-10

Дд

跟著俄語老師學發音

發音方法〉濁子音，「д」與「т」是一對清濁子音，發音部位和方式相同，發「т」時聲帶不震動，發「д」時聲帶會震動。

發音與中文注音的「ㄉ」相似，但俄語的「д」是舌頭前端的發音，而中文注音「ㄉ」則是舌尖音。

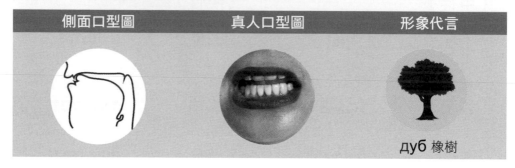

側面口型圖	真人口型圖	形象代言
		дуб 橡樹

看筆順示範圖片，動手寫一寫

1. 手寫體大寫 Д

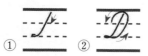

① ②

2. 手寫體小寫 д

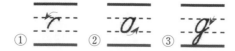

① ② ③

Step 3 讀單字，練發音

д

是的	да
音標	[da]

給	дать
音標	[da't']

二	два
音標	[dva']

到～為止	до
音標	[do]

在家	до́ма
音標	[do'-ma]

頓河	Дон
音標	[do'n]

回家	домо́й
音標	[da-mo'-y]

長時間	до́лго
音標	[do'-l-ga]

橡樹	дуб
音標	[du'b]

吹	дуть
音標	[du't']

П п

發音方法〉清子音,舌頭呈現自然的靜止狀態,下唇與上唇閉合形成阻塞,氣流衝出時嘴唇突然打開,產生爆破的聲音,聲帶不震動。

發音非常接近中文注音的「ㄆ」,與母音拼音時會發不送氣的「ㄅ」。

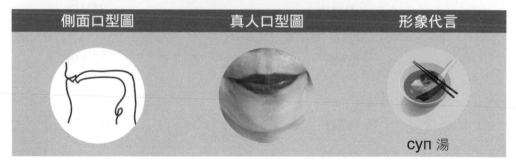

側面口型圖	真人口型圖	形象代言

суп 湯

1. 手寫體大寫 П

① ② ③

2. 手寫體小寫 п

① ② ③

Step 3 讀單字，練發音

п

暫時；再見	пока́		港口	порт
音標	[pa-ka']		音標	[po'rt]

文件夾	па́пка		空蕩	пу́сто
音標	[pa'-pka]		音標	[pu'-sta]

沿著；按照	по		湯	суп
音標	[po]		音標	[su'-p]

藥局	апте́ка		加	плю́с
音標	[ap-tye'-ka]		音標	[p-lyu's]

公園	парк		池塘	пруд
音標	[pa'rk]		音標	[p-ru't]

該～時候	пора́
音標	[pa-ra']

Б б

Step 1 跟著俄語老師學發音

發音方法〉濁子音,「б」與「п」是一對清濁子音,發音部位與方式相同,發「п」時聲帶不震動,發「б」時聲帶會震動。

發音與中文注音中的「ㄅ」相似。

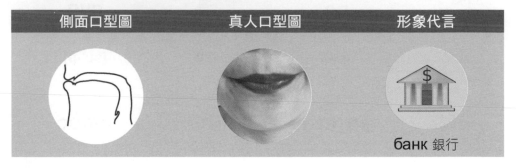

側面口型圖	真人口型圖	形象代言

банк 銀行

Step 2 看筆順示範圖片,動手寫一寫

1. 手寫體大寫 Б

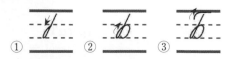

① ② ③

2. 手寫體小寫 б

① ②

Step 3 讀單字，練發音

б

嘴唇	губа́
音標	[gu-ba']

紙	бума́га
音標	[bu-ma'-ga]

部落格	блог
音標	[blo'k]

快速地	бы́стро
音標	[bï'-st-ra]

男低音	бас
音標	[ba's]

銀行	банк
音標	[ba'nk]

祖母	ба́бушка
音標	[ba'-bu-sh-ka]

兄弟	брат
音標	[bra't]

拳擊	бокс
音標	[bo'ks]

字母	бу́ква
音標	[bu'-kva]

Ф ф

Step 1 跟著俄語老師學發音

發音方法〉清子音,上排牙齒輕輕放在嘴唇形成縫隙,氣流通過縫隙發出聲音。發「ф」時上門牙要輕觸下唇的內側而不是外側,發音時聲帶不震動。

發音和中文注音的「ㄈ」相似。

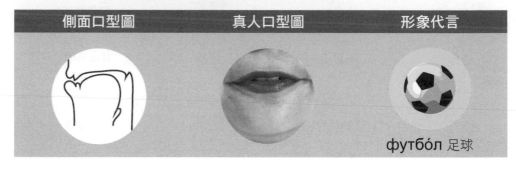

側面口型圖	真人口型圖	形象代言

футбо́л 足球

Step 2 看筆順示範圖片,動手寫一寫

1. 手寫體大寫 Ф

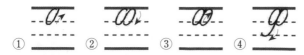

① ② ③ ④

2. 手寫體小寫 ф

① ② ③ ④ ⑤

Step 3 讀單字，練發音

ф

事實	факт
音標	[fa′kt]

公司	фи́рма
音標	[fi′r-ma]

傳真	факс
音標	[fa′ks]

鞋子	ту́фли
音標	[tu′f-li]

照片	фо́то
音標	[fo′-ta]

隊形；前面；前線	фронт
音標	[fro′nt]

噴泉	фонта́н
音標	[fan-ta′n]

櫃子	шкаф
音標	[sh-ka′f]

足球	футбо́л
音標	[fut-bo′-l]

旗幟	флаг
音標	[fla′k]

02 字母發音

1-02-14

B B

跟著俄語老師學發音

發音方法〉濁子音,「в」與「ф」是一對清濁子音,發音部位及方式相同,發「ф」時聲帶不震動,發「в」時聲帶會震動。

　　發音和英語字母的「v」相似。

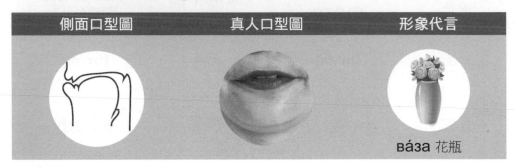

| 側面口型圖 | 真人口型圖 | 形象代言 |

ваза 花瓶

看筆順示範圖片,動手寫一寫

1. 手寫體大寫 B

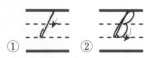

① ②

2. 手寫體小寫 в

① ② ③

Step 3 讀單字，練發音

В

往～裡，在～裡	В	出口	вы́ход
音標	[v]	音標	[vï'-hat]

花瓶	ва́за	結論	вы́вод
音標	[va'-za]	音標	[vï'-vat]

車廂	ваго́н	高處；高度	высота́
音標	[va-go'n]	音標	[vï-sa-ta']

廚師	по́вар	八月	а́вгуст
音標	[bo-var]	音標	[a'v-gust]

水	вода́
音標	[va-da']

高等學校大學	вуз
音標	[vu'z]

К к

Step 1 跟著俄語老師學發音

發音方法〉清子音，後舌音。舌頭向後收縮像是「о」或「у」的形狀，舌頭後段向上抬起與軟顎緊貼形成阻塞，氣流衝開阻塞發出聲音。發音時聲帶不震動。

發音和中文注音的「ㄎ」相似。與母音拼音時，發不送氣的音時會類似「ㄍ」的音。

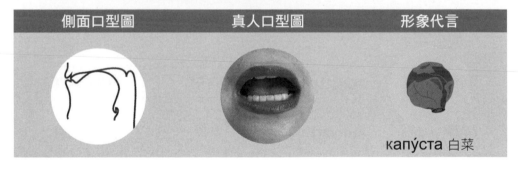

| 側面口型圖 | 真人口型圖 | 形象代言 |

капýста 白菜

Step 2 看筆順示範圖片，動手寫一寫

1. 手寫體大寫 К

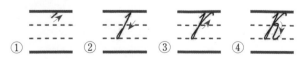

① ② ③ ④

2. 手寫體小寫 к

① ②

Step 3 讀單字，練發音

к	

朝～，向～	к
音標	[k]

毛衣	кóфта
音標	[ko'-fta]

漂亮的（陽性）	краси́вый
音標	[kra-si'-vïy]

什麼時候	когда́
音標	[ka-gda']

怎樣的（陽性）	какóй
音標	[ka-ko'-y]

女孩	дéвушка
音標	[jie'-vu-sh-ka]

咖啡廳	кафé
音標	[ka-fe']

往～去	куда́
音標	[ku-da']

白菜	капýста
音標	[ka-pu'-sta]

航線；課程；匯率	курс
音標	[ku'-rs]

1-02-16

Г г

Step 1 跟著俄語老師學發音

發音方法〉濁子音，後舌音。「г」與「к」是一對清濁子音，發音部位與方式相同，發「к」時聲帶不震動，發「г」時聲帶會震動。

發音與中文注音的「ㄍ」相似。

側面口型圖	真人口型圖	形象代言

го́род 城市

Step 2 看筆順示範圖片，動手寫一寫

1. 手寫體大寫 Г

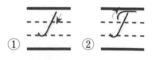

① ②

2. 手寫體小寫 г

①

Step 3 讀單字，練發音

г

天然氣	**газ**		客人	**гость**
音標	[ga's]		音標	[go'st']

年，歲	**год**		鵝	**гусь**
音標	[go't]		音標	[gu'-s']

領帶	**га́лстук**		一群；班	**гру́ппа**
音標	[gal's-tuk]		音標	[gru'-pa]

報紙	**газе́та**		吉他	**гита́ра**
音標	[ga-zye'-ta]		音標	[gi-ta'-ra]

頭，腦袋	**голова́**
音標	[ga-la-va']

城市	**го́род**
音標	[go'-rat]

1-02-17

X x

發音方法〉濁子音，後舌音。這個字母為舌頭後段和軟顎之間所發的音，發音時舌頭向後縮，舌頭後段抬起，氣流通過舌頭後段和軟顎之間形成的縫隙而發出聲音，可用「к」的發音練習舌頭後段抬起的動作，發音時聲帶不震動。

　　發音與中文注音的「ㄏ」相似。

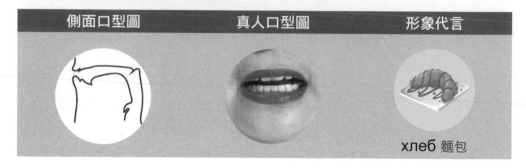

| 側面口型圖 | 真人口型圖 | 形象代言 |

хлеб 麵包

1. 手寫體大寫 X

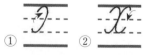

① ②

2. 手寫體小寫 x

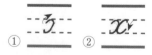

① ②

Step 3 讀單字，練發音

x	

混亂	**xáoc**
音標	**[hao's]**

嗜好	**xóбби**
音標	**[ho'-bi]**

浴袍，長袍	**xaлáт**
音標	**[ha-la't]**

瘦的（陽性）	**xyдóй**
音標	**[hu-do'-y]**

駭客	**xáкep**
音標	**[ha'-kyer]**

化學家	**xи́мик**
音標	**[hi-mik]**

進程，通道	**xoд**
音標	**[ho't]**

麵包	**xлeб**
音標	**[h-lye'p]**

合唱團	**xop**
音標	**[ho'r]**

好	**xopoшó**
音標	**[ha-ra-sho']**

1-02-18

C c

跟著俄語老師學發音

發音方法〉清子音，舌頭前段與上排牙齒、上牙齦靠近形成縫隙，舌尖抵住下排牙齒，氣流通過窄縫發出聲音。發音時聲帶不震動，要注意舌尖輕觸下排齒背時不要用力。

發音與中文注音的「ㄙ」相似。

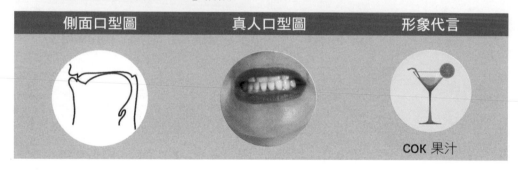

側面口型圖	真人口型圖	形象代言

COK 果汁

看筆順示範圖片，動手寫一寫

1. 手寫體大寫 C

①

2. 手寫體小寫 c

①

Step 3 讀單字，練發音

c

帶；從	c
音標	[s]

一百	сто
音標	[sto']

本人；獨自	сам
音標	[sa'm]

停止	стоп
音標	[sto'p]

調味醬	со́ус
音標	[so'-us]

乾燥地	су́хо
音標	[su'-ha]

果汁	сок
音標	[so'k]

兒子	сын
音標	[si'n]

花園	сад
音標	[sa't]

夢；睡眠	сон
音標	[so'n]

Unit
02 字母發音

1-02-19

З з

跟著俄語老師學發音

發音方法〉濁子音，「з」與「с」是一對清濁子音，發音部位及方式相同，發「с」時聲帶不震動，發「з」時聲帶震動。

發音和英語字母「z」相似。

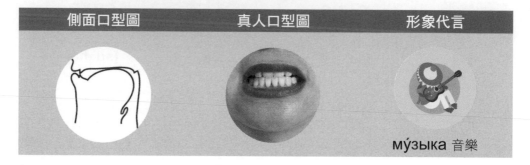

側面口型圖	真人口型圖	形象代言

му́зыка 音樂

看筆順示範圖片，動手寫一寫

1. 手寫體大寫 З

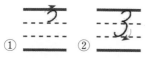

① ②

2. 手寫體小寫 з

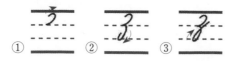

① ② ③

Step 3 讀單字，練發音

3

在～後面；由於	**за**
音標	**[za]**

牙齒	**зуб**
音標	**[zu'p]**

大廳	**зал**
音標	**[zal]**

在冬天	**зимо́й**
音標	**[zi-mo'-y]**

工廠	**заво́д**
音標	**[za-vo't]**

音樂	**му́зыка**
音標	**[mu'-zï-ka]**

傘	**зо́нтик**
音標	**[zo'n-tik]**

知道，了解	**знать**
音標	**[z-na't']**

黃金	**зо́лото**
音標	**[zo'-la-ta]**

冬天	**зима́**
音標	**[zi-ma']**

Ш ш

Step 1 跟著俄語老師學發音

發音方法〉清子音，硬子音。舌頭向後縮，舌尖往上翹，後舌部向上抬起，嘴唇噘成圓形向前，氣流通過縫隙摩擦發出成聲音，發音時聲帶不震動。

發音與中文注音的「ㄕ」接近，但發音時一定注意舌尖往上翹和舌頭往後縮這兩個動作（捲舌），才能發出俄語的硬子音「ш」。

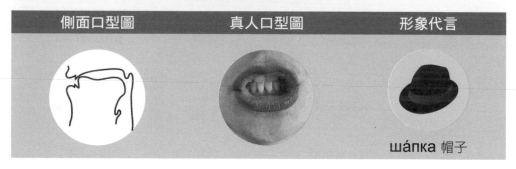

側面口型圖	真人口型圖	形象代言

шáпка 帽子

Step 2 看筆順示範圖片，動手寫一寫

1. 手寫體大寫 Ш

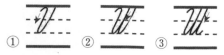

① ② ③

2. 手寫體小寫 ш

① ② ③

Step 3 讀單字，練發音

ш

腳步，步伐	шаг
音標	[sha′k]

休克，驚嚇	шок
音標	[sho′k]

演出，表演	шóу
音標	[sho′-u]

毛皮大衣	шýба
音標	[shu′-ba]

球體	шар
音標	[sha′r]

笑話	шýтка
音標	[shu′t-ka]

圍巾	шарф
音標	[sha′-rf]

中小學校	шкóла
音標	[sh-go′-la]

機會	шанс
音標	[sha′ns]

帽子	шáпка
音標	[sha′-pka]

Ж ж

Step 1 跟著俄語老師學發音

發音方法〉硬子音，濁子音。「ж」與「ш」是一對清濁子音，發音部位和方式相同，發「ш」時聲帶不震動，而發「ж」時聲帶震動。
發音與中文注音的「囗」相似。

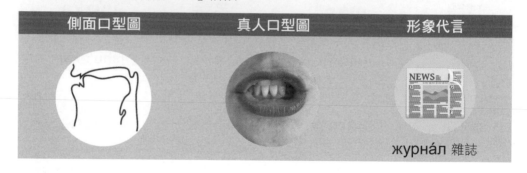

| 側面口型圖 | 真人口型圖 | 形象代言 |

журна́л 雜誌

Step 2 看筆順示範圖片，動手寫一寫

1. 手寫體大寫 Ж

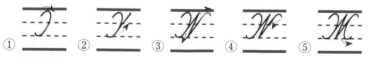

① ② ③ ④ ⑤

2. 手寫體小寫 ж

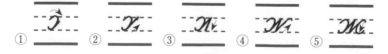

① ② ③ ④ ⑤

Step 3 讀單字，練發音

ж

炎熱	жар
音標	[zha'r]

脂肪	жир
音標	[zhï'r]

炎熱地	жáрко
音標	[zhar-ka]

活著，居住	жить
音標	[zhï't']

遺憾地	жáлко
音標	[zha'l-ka]

妻子	женá
音標	[zhi-na']

口渴，渴求	жáжда
音標	[zha'-sh-da]

等待	ждать
音標	[zhda't']

甲蟲	жук
音標	[zhu'k]

雜誌	журнáл
音標	[zhur-na'l]

Ц ц

Step 1 跟著俄語老師學發音

發音方法〉清子音，硬子音。舌頭前段與上排齒背緊貼形成阻塞，類似發「т」的嘴型，接著阻塞開啟成縫隙，類似發「с」的嘴型，氣流擦過縫隙發出聲音。「ц」永遠是清子音和硬子音，沒有相對應的濁子音和軟子音。

發音與中文注音的「ㄘ」相似。

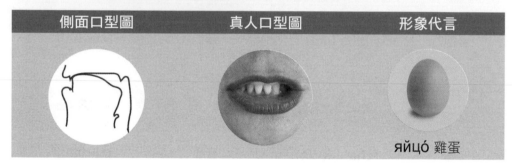

側面口型圖	真人口型圖	形象代言

яйцо́ 雞蛋

Step 2 看筆順示範圖片，動手寫一寫

1. 手寫體大寫 Ц

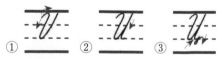

① ② ③

2. 手寫體小寫 ц

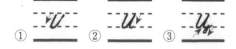

① ② ③

Step 3 讀單字，練發音

ц

沙皇	**царь**
音標	[tsa′r′]

中心	**центр**
音標	[tsye′n-tr]

車間，工作間	**цех**
音標	[tsye′h]

整個的（陽性）	**це́лый**
音標	[tsye′-lïy]

價格	**цена́**
音標	[tsï-na′]

數字	**ци́фра**
音標	[tsïf-ra′]

馬戲團	**цирк**
音標	[tsïrk]

週期；循環	**цикл**
音標	[tsïkl]

目的；目標	**цель**
音標	[tsyel′]

雞蛋	**яйцо́**
音標	[yi-tso′]

Л л

發音方法〉濁子音。發音時，舌頭前段與上排齒背闔上排牙齦緊貼。舌頭後段抬起，舌頭中段凹下，做出像是「湯匙」的形狀。發「л」時聲帶震動，舌頭的前段與後段都要用力。「л」在字尾等語音條件下要發非爆破音。

　　發音與中文注音中的「ㄌ」相似，但兩者在發音部位和發音方式上都有明顯不同。中文注音「ㄌ」是舌尖和齒背之間的發音，而俄語「л」是舌頭前段與上排牙齦之間和舌頭後段與軟顎之間的發音。

側面口型圖	真人口型圖	形象代言

луна́ 月亮

1. 手寫體大寫 Л

① ②

2. 手寫體小寫 л

① ②

Step 3　讀單字，練發音

л

燈，燈泡	ла́мпа
音標	[la'-mpa]

月亮	луна́
音標	[lu-na']

森林	лес
音標	[lye's]

牛奶	молоко́
音標	[ma-la-ko']

額頭	лоб
音標	[lo'p]

桌子	стол
音標	[s-to'-l]

小船	ло́дка
音標	[lo'-tka]

椅子	стул
音標	[s-tu'-l]

洋蔥	лук
音標	[lu'k]

沙拉	сала́т
音標	[sa-la't]

P p

Step 1 跟著俄語老師學發音

發音方法〉彈舌音，濁子音。口微張開，舌尖稍向上彎曲，抬向牙齦，然後在氣流的衝擊下顫動，聲帶同時震動，是個響子音，要注意舌頭不要彎折起來。

　　發音和中文注音的「ㄌ」相似，然而舌頭會有幾下顫動。

側面口型圖	真人口型圖	形象代言

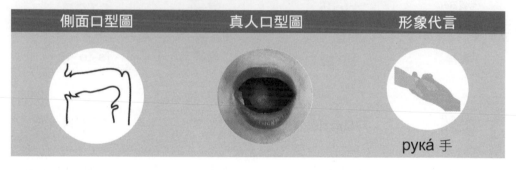

pyká 手

Step 2 看筆順示範圖片，動手寫一寫

1. 手寫體大寫 P

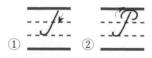

① ②

2. 手寫體小寫 p

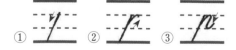

① ② ③

Step 3 讀單字，練發音

p

（一）次	раз		（男生）朋友	друг
音標	[ra's]		音標	[dru'-k]

高興地	рад		運動	спорт
音標	[ra't]		音標	[spo'rt]

早	ра́но		起司	сыр
音標	[ra'-na]		音標	[sïr]

嘴	рот		兄弟	брат
音標	[ro't]		音標	[bra't]

（長篇）小說	рома́н
音標	[ra-ma'n]

手	рука́
音標	[ru-ka']

Й й

Step 1 跟著俄語老師學發音

發音方法〉濁子音，沒有相對應的清子音。發音時舌頭中段抬得比母音「и」高，氣流也比「и」強，聲帶要震動。注意子音「j」如果出現在母音後，藥用字母「й」表示，「j」的讀音沒有摩擦聲，即沒有聲帶的振動。若出現在母音字母「a」、「o」、「y」、「э」前面，則會構成母音字母「я」、「ё」、「ю」、「е」，讀音是由兩個音構成，分別是「ja」、「jo」、「jy」、「jэ」。
　　發音和中文注音的「一」相似。

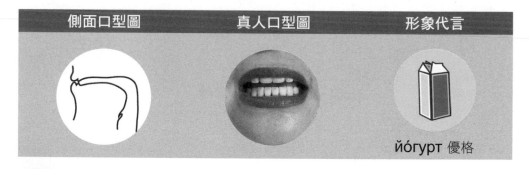

側面口型圖	真人口型圖	形象代言

йóгурт 優格

Step 2 看筆順示範圖片，動手寫一寫

1. 手寫體大寫 Й

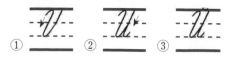

① 　　② 　　③

2. 手寫體小寫 й

① 　　② 　　③

Step
3 讀單字，練發音

й

優格	**йóгурт**
音標	**[yo'-gurt]**

五月	**май**
音標	**[ma'-y]**

我的 （陽性）	**мой**
音標	**[mo'-y]**

新的 （陽性）	**нóвый**
音標	**[no'-vïy]**

你的 （陽性）	**твой**
音標	**[tvo'-y]**

另外的 （陽性）	**инóй**
音標	**[i-no'-y]**

自己的 （陽性）	**свой**
音標	**[svo'-y]**

英雄	**герóй**
音標	**[gi-ro'y]**

網站	**сайт**
音標	**[sa'-yt]**

博物館	**музéй**
音標	**[mu-zye'-y]**

Я я

Step 1 跟著俄語老師學發音

發音方法〉字母「я」不是獨立的母音，它是由兩個音所構成的，也就是子音「й」和母音字母「а」一起拼音而形成的音節「ja」。

發音與中文注音的「ㄧㄚ」相似。

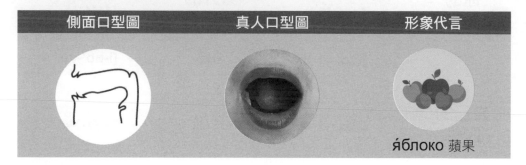

| 側面口型圖 | 真人口型圖 | 形象代言 |

я́блоко 蘋果

Step 2 看筆順示範圖片，動手寫一寫

1. 手寫體大寫 Я

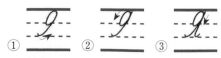

① ② ③

2. 手寫體小寫 я

① ② ③ ④

64

Step 3 讀單字，練發音

я

我	я
音標	[ya]

五	пять
音標	[pia't]

誰的 （陰性）	чья
音標	[chi-ya']

保母	ня́ня
音標	[nia'-nia]

蘋果	я́блоко
音標	[ya'-b-la-ka]

散步；逛	гуля́ть
音標	[gu-lia'-t']

樂意地	прия́тно
音標	[p-ri-ya'-tna]

肉	мя́со
音標	[mia'-sa]

直接	пря́мо
音標	[prya'-ma]

叔叔， 伯父	дя́дя
音標	[jia'-jia]

Ё ё

跟著俄語老師學發音

發音方法〉字母「ё」不是獨立的母音，它是由兩個音所構成的，也就是子音
「й」和母音字母「о」一起拼音而形成的音節「jo」。

發音與中文注音的「ー乙」相似。

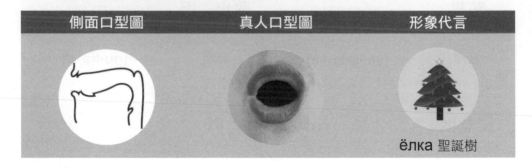

ёлка 聖誕樹

看筆順示範圖片，動手寫一寫

1. 手寫體大寫 Ё

① ②

2. 手寫體小寫 ё

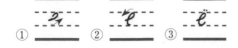

① ② ③

字母

發音

語音知識

基礎文法與構句

最常用的分類單字

日常短句與情境會話

Step 3 讀單字，練發音

ё

刺蝟	ёж	黑色的（陽性）	чёрный
音標	[yo'sh]	音標	[chyo'-r-nïy]

誰的（中性）	чьё	冰	лёд
音標	[chi-yo']	音標	[lio't]

聖誕樹	ёлка	一切；所有	всё
音標	[yo'-l-ka]	音標	[fs-yo']

她的	её	阿姨，姑姑	тётя
音標	[yi-yo']	音標	[tyo'-tya]

還有	ещё
音標	[yi-shio']

蜂蜜	мёд
音標	[mio't]

E e

跟著俄語老師學發音

發音方法〉字母「e」不是獨立的母音，它是由兩個音所構成的，也就是子音「й」和母音字母「э」一起拼音而形成的音節「jэ」。

發音與中文注音的「一せ」相似。

側面口型圖	真人口型圖	形象代言

чек 支票

看筆順示範圖片，動手寫一寫

1. 手寫體大寫 E

①

2. 手寫體小寫 e

① ②

Step 3 讀單字，練發音

e

如果	éсли		那些	те
音標	[ye'-sli]		音標	[tye]

（你）吃	ешь		地方，位置	мéсто
音標	[ye'sh]		音標	[mye'-sta]

（他，她，它）吃	ест		白色的（陽性）	бéлый
音標	[ye'st]		音標	[bie'-lïy]

不；沒有	нет		夏天	лéто
音標	[nie't]		音標	[lie'-ta]

缺，不帶	без
音標	[bie's]

支票	чек
音標	[chie'k]

Ю ю

發音方法〉字母「ю」不是獨立的母音，它是由兩個音所構成的，也就是子音「й」和母音字母「y」一起拼音而形成的音節「jy」。

　　發音與英文字母的「u」或是單字「you」相似。

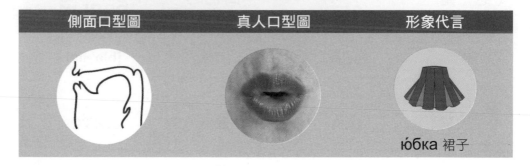

側面口型圖	真人口型圖	形象代言

ю́бка 裙子

1. 手寫體大寫 Ю

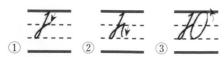

① ② ③

2. 手寫體小寫 ю

① ② ③ ④

Step 3 讀單字，練發音

ю

熨斗	утю́г
音標	[u-tyu'-k]

律師；法學家	юри́ст
音標	[yu'-ri'-st]

年輕人	ю́ноша
音標	[yu'-na-sha]

（我）喝	пью
音標	[pi-yu']

裙子	ю́бка
音標	[yu'-pka]

小酒杯	рю́мка
音標	[ryu'm-ka]

舒適地	ую́тно
音標	[u-yu'-tna]

局，處	бюро́
音標	[byu-ro']

南方	юг
音標	[yu'k]

卡尤莎	Каю́ша
音標	[ka-yu'-sha]

Unit
02 字母發音

1-02-30

Щ щ

Step 1 跟著俄語老師學發音

發音方法〉清子音，軟子音。舌尖及舌頭前段向上抬起，接近上排牙齦，舌似發 "и" 狀，嘴唇呈圓形向前突出。氣流通過口腔摩擦發出聲音，發音時間比一般子音長，字母 щ [ш'] 永遠是軟子音。

發音與中文注音的「ㄒㄩ」相似。

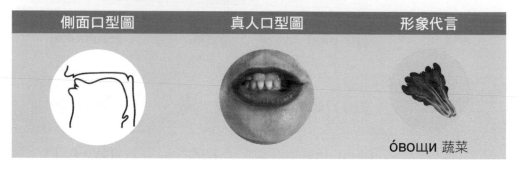

| 側面口型圖 | 真人口型圖 | 形象代言 |

óвощи 蔬菜

Step 2 看筆順示範圖片，動手寫一寫

1. 手寫體大寫 Ш

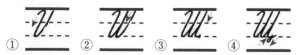

① ② ③ ④

2. 手寫體小寫 ш

① ② ③ ④

Step 3 讀單字，練發音

щ

白菜湯	щи
音標	[schi]

羅宋湯	борщ
音標	[bo'r-sch]

盾牌	щит
音標	[schi't]

雨衣	плащ
音標	[pla'-sch]

慷慨地	щéдро
音標	[schye'-dra]

箱子	я́щик
音標	[ya'-schik]

刷子	щётка
音標	[schyo'-tka]

蔬菜	óвощи
音標	[o'-va-schi]

狗魚	щу́ка
音標	[schyu'-ka]

食物	пи́ща
音標	[pi'-scha]

02 字母發音

1-02-31

Ч ч

Step 1 跟著俄語老師學發音

發音方法〉清子音，軟子音。抬高舌頭前段貼住上排牙齦，舌尖、蛇頭前段與上排牙齦形成阻塞；氣流衝破阻塞，嘴唇向前伸呈方形，打開阻塞變成縫隙，氣流擦過縫隙發出聲音。字母「ч」永遠是軟子音。

　　發音與中文注音的「ㄑ」相似。

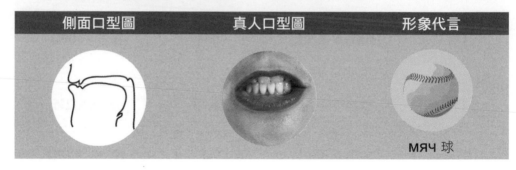

側面口型圖	真人口型圖	形象代言

МЯЧ 球

Step 2 看筆順示範圖片，動手寫一寫

1. 手寫體大寫 Ч

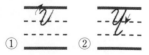

① ②

2. 手寫體小寫 ч

① ②

Step 3 讀單字，練發音

ч

小時	час
音標	[chia′s]

經過，越過	че́рез
音標	[chie′-res]

經常	ча́сто
音標	[chia′-sta]

學習	учёба
音標	[u-chio′-ba]

乾淨地	чи́сто
音標	[chi′-sta]

球	мяч
音標	[mia′ch]

奇蹟	чу́до
音標	[ch-yu′-da]

夜晚	ночь
音標	[no′ch]

成員	член
音標	[ch-lie′n]

誰的（陽性）	чей
音標	[chie′-i]

Ъ

Step 1 跟著俄語老師學發音

發音方法〉無聲字母，在硬音符號 ъ 之前的子音是硬子音，在位於子音字母和「я、ё、ю、е、и」之間時起隔音的作用。

形象代言

объя́тие 擁抱，懷抱

Step 2 看筆順示範圖片，動手寫一寫

ъ

Step 3 讀單字，練發音

ъ

吃掉，吃下	**съесть**
音標	**[s'ye'-st']**

大樓入口	**подъе́зд**
音標	**[pad'ye'zd]**

擁抱，懷抱	**объя́тие**
音標	**[ab'ya'-tie]**

公告，聲明	**объявле́ние**
音標	**[ab-yev-lie'-nie]**

客體；工程	**объе́кт**
音標	**[ab-ye'kt]**

講解，解釋	**объясне́ние**
音標	**[ab-yis-nie'-nie]**

Unit
02 字母發音

1-02-33

Ь

1 跟著俄語老師學發音

發音方法〉無聲字母，在軟音符號 ь 之前的子音是軟子音，舌頭中段向上抬起是發軟子音的關鍵動作。另外，軟音符號在位於子音字母和「я、ё、ю、е、и」之間時起隔音的作用。

形象代言

пла́тье 連身裙

Step 2 看筆順示範圖片，動手寫一寫

ь

Step 3 讀單字，練發音

ь

盧布	**рубль**		母親	**мать**
音標	[ru'-bl']		音標	[ma't]

連身裙	**пла́тье**		字典	**слова́рь**
音標	[pla'-ti-ye]		音標	[sla-va'-ri]

客人	**гость**		幸福	**сча́стье**
音標	[go'-st']		音標	[schya'-stie]

1 俄語發音組合總表

	а	о	у	ы	э	и	е	ё	ю	я
п	па	по	пу	пы	пэ	пи	пе	пё	пю	пя
б	ба	бо	бу	бы	бэ	би	бе	бё	бю	бя
т	та	то	ту	ты	тэ	ти	те	тё	тю	тя
д	да	до	ду	ды	дэ	ди	де	дё	дю	дя
с	са	со	су	сы	сэ	си	се	сё	сю	ся
з	за	зо	зу	зы	зэ	зи	зе	зё	зю	зя
ф	фа	фо	фу	фы	фэ	фи	фе	фё	фю	фя
в	ва	во	ву	вы	вэ	ви	ве	вё	вю	вя
м	ма	мо	му	мы	мэ	ми	ме	мё	мю	мя
н	на	но	ну	ны	нэ	ни	не	нё	ню	ня
л	ла	ло	лу	лы	лэ	ли	ле	лё	лю	ля
р	ра	ро	ру	ры	рэ	ри	ре	рё	рю	ря
г	га	го	гу			ги	ге			
к	ка	ко	ку			ки	ке			
х	ха	хо	ху			хи	хе			
ж	жа	жо	жу			жи	же	жё		
ш	ша	шо	шу			ши	ше	шё		
ч	ча	чо	чу			чи	че	чё		
щ	ща	що	щу			щи	ще	щё		
ц	ца	цо	цу	цы		ци	це			

⚠ ◆ 空格表示這個組合不能互相拼音。

◆ 字母 и、е 在字母 ж，ш，ц 後面要分 讀成 [ы]，[э] 的發音。

2　母音相關

（1）　音節和換行

　　俄語單字有音節之分，音節的基礎是母音，一個單字裡有幾個母音就有幾個音節，單獨的子音不能構成音節。例如：он（他）是單音節，而онá（她）是雙音節。

　　在書寫過程中，有時在行末一個單字尚未結束就需要換行。俄語單字的換行要按照音節來進行：單音節的單字不能拆開換行，或留在原本的那一行，或移到下一行；其他單字換行時在上行末尾需加上換行符號「-」，例如：кни́-га（書），ко́м-на-та（房間）。

　　換行時需要注意：

① 不能把單一字母留在原行或下一行；

② 單字中相同子音並列時要分開，例如：ру́с-ский（俄羅斯的，俄語的，俄羅斯人）；

③ 單字中字母 й，ъ，ь 應留在原行與前面的字母連在一起、不能分開，例如：пись-мо́（信件），кита́й-ский（中國的，漢語的）。

（2）　節律與重音

　　兩個及以上的音節發音時，每個音節的快慢、強弱各不相同，這種現象就稱為詞的節律。其中有一個音節的母音發音持續時間較長、音質清晰，這就是重音。帶重音的音節叫重讀音節，其餘則稱作非重讀音節。但重音前第一音節讀得比其他非重讀音節更長一些，更清楚一些。

重讀前第一音節　　　　　　　　　　　　　　　　重讀音節

其他非重讀音節　　　　　　　　　　　　　　　　其他非重讀音節

（3）　母音的弱化

單字中非重讀音節的發音持續時間較短，音質也不夠清晰，發音器官比較鬆弛，有時還會發生音質的變化，這些變化稱作母音的弱化。

1〉[a][o] 的弱化

母音 [a]、[o] 的弱化程度最大，主要出現在以下兩種情況：

① 一級弱化

位於字首或在重讀音節前的第一個音節時，要讀短而弱的 [a]（音標用 [ʌ] 表示）。

例如：поэ́т [пʌэт]（詩人），отéц [ʌтец]（父親），томáт [тʌмат]（番茄），талóн [тʌлон]（票，證，券）

② 二級弱化

在字尾、重音的後音節或重音前第二個和以前的音節時，讀成短促、含糊不清的 [a]（音標用 [ъ] 來表示）。

例如：э́то [этъ]（這個，這是），пáпа [папъ]（爸爸），хорошó [хърʌшо]（好），поэ́тому [пʌэтъму]（因此）

2〉字母 я 和 е（母音 [a]、[ə]）的弱化

① я、е 在重讀音節前第一音節，讀成短的 и，音標為 [и]。

例如：язы́к [изык]（語言），едá [ида]（飲食，食品），часы́ [чисы]（鐘錶），веснá [висна]（春天）

② 在其他非重讀音節時，讀成更短、更弱的 и，音標為 [ь]。

例如：человéк [чьлʌвек]（人），перевóдчик [пьриводчьк]（翻譯者）

③ 在字尾讀得短而弱。

例如：стáрая（舊的，老的），нóвое（新的）

3 子音相關

（1） 濁子音清化和清子音濁化

俄語的子音有清子音和濁子音之分，大部分子音清濁成對。21 個子音字母中有 6 對清濁成對的子音：т—д，п—б，ф—в，к—г，с—з，ш—ж。

1〉濁子音清化

清濁成對的濁子音位於字尾或清子音之前時，要發成相對應的清子音。也就是 [в] 要發成 [ф]，[б] 要發成 [п]，[д] 要發成 [т]，[г] 要發成 [к]，[з] 要發成 [с]，[ж] 要發成 [ш]。

例如：зуб [зуп]（牙齒），вуз [вус]（大學），за́втра [зафтръ]（明天），ло́дка [лоткъ]（小船），нож [нош]（刀），друг [друк]（朋友）

2〉清子音濁化

清濁成對的清子音在清濁成對的濁子音（в 除外）前時，要發成相對應的濁子音。也就是 [ф] 要發成 [в]，[п] 要發成 [б]，[т] 要發成 [д]，[к] 要發成 [г]，[с] 要發成 [з]，[ш] 要發成 [ж]。

例如：вокза́л [в^гзал]（火車站），сде́лать [зделъть]（做完，做成），про́сьба [прозьбъ]（請求），к дру́гу [гдругу]（去朋友那），ваш друг [важ друк]（您或你們的朋友）

（2） 硬子音和軟子音

俄語的子音分為硬子音和軟子音，軟子音發音時除了舌頭中段向上抬起外，其餘和發硬子音時發音部位相同。俄語中硬子音和軟子音人多是成對的，見下表。

硬子音	б п в ф г к д т з л м н р с х	ж ш ц
軟子音	б' п' в' ф' г' к' д' т' з' л' м' н' р' с' х'	ч щ й

其中 ж，ш，ц 是 3 個永遠的硬子音，ч，щ，й 是 3 個永遠的軟子音。

母音 а，о，у，э，ы，ъ 前的子音發硬子音，я，ё，ю，е，и，ь 前的子音發軟子音。

（3） 子音連綴的讀音

тс，дс，тц，дц → ц

例如：де́тство（童年），городско́й（城市的），отцы́（父輩），два́дцать（二十）

сч，зч，жч → щ

例如：сча́стье（幸福），зака́зчик（訂貨人）

ться，тся → ца

例如：учи́ться（學習，求學），занима́ется（從事，做～事情）

чт，чн → шт，шн

例如：что（什麼），коне́чно（當然）

стл，стн，здн → сл，сн，зн

例如：счастли́вый（幸福的），изве́стный（著名的），пра́здник（節日）

г → х

例如：мя́гкий（柔軟的，溫柔的），легко́（容易）

（4） 特殊發音組合

-ого，-его 中 г 發 в。

例如：но́вого（新的），хоро́шего（好的）

4 單字之間的拼音規則

前置詞與後面的名詞連讀。

例如：в университе́те［в у — ву］（在大學裡），в сре́ду［в—ф］（在週三），с бра́том［с—з］（和哥哥或弟弟一起）

連接詞 и 在句中或詞組的讀法。

例如：брат и сестра́［брат и—браты］（哥哥和姊姊或弟弟和妹妹），сын и па́па［сын и—сыны］（兒子和爸爸）

5 俄語語調和主要調型

語調就是說話的腔調，是人說話時在聲音高低、音調起伏、用力輕重、發音持續長短等方面的變化。俄語中有 7 種調型，初學者掌握前 5 種即可。每種調型通常都有三部分，也就是調心、調心前部、調心後部。句子的調心都在重讀音節上。

（1）調型 1

調心上音調下降。用於陳述句，表示一句話的結束。

ИК- 1（調型1）	
1 **Это мама.** 這是媽媽。	− − \ _ **Это ма́ма.**
1 **Па́па дома.** 爸爸在家。	− − \ _ **Па́па до́ма.**

（2）調型 2

調心的母音要用降調或平調，同時調心上的重音重讀。主要用於帶有疑問詞的疑問句，也常用在表示稱呼、問候、告別、致歉以及表示請求、建議、祝願等意義的祈使句中。

ИК- 2（調型2）	
2　　　2 Мама, кто это? 媽媽，這是誰？	\\ _　　\\ _ _ Máма, кто это?
2 Что это?. 這是什麼？	\\ _ _ Что это?

（3）調型 3

調心上的音調急劇上升，調心後部讀降調，一直到詞末。調心位於疑問的中心詞上。用於不帶疑問詞的疑問句。

ИК- 3（調型3）	
3 Это диван? 這是沙發？	－ －　－ / Это дива́н?
3 Это твой дом? 這是誰的房子	－ －　 /　_ Это твой дом?

（4）調型 4

調心上音調平穩上升，調心後部保持上升後的音調。用於帶對別意義的疑問句，句首常為連接詞 a。

ИК- 4（調型4）	
4 А тебя? 那你呢？	_ _　 / А тебя́?
4 А тебя как зову́т? 那你叫什麼名字？	_ _　 /－ － － А тебя́ как зову́т?

(5) 調型 5

　　有兩個調心：第一調心在表示特徵或評價的單字重音上，例如：как（多麼），какóй（多麼的），скóлько（那麼多）等疑問詞上用升調。第二調心在具有這些特徵或評價的單字上，用降調。用於感歎句中，句首常為 как，какóй，скóлько 等單字。

ИК- 5（調型5）	
5 **Кака́я краси́вая де́вушка!** 多麼漂亮的女孩啊！	_ / _ _ _ _ _ \ _ **Кака́я краси́вая де́вушка!**
5 **Как краси́во!** 多麼漂亮啊！	/ _ \ _ **Как краси́во!**

例如：

2   1

— Здравствуйте, меня́ зову́т Антон.

1   2

— Очень приятно. На каком факульте́те вы у́читесь?

1   4

— Я изуча́ю ру́сский язык. А вы?

1   3

— Я — математику. Это ваша тетра́дь?

1   1

— Да. Я пишу́ сочинение.

5

— Какой краси́вый по́черк!

您好，我叫安東。
很高興認識您。您是在哪個系學習？
我學俄語的，您呢？

我學數學。這是您的練習本嗎？
是的，我在寫作文。
字寫得真好！

2

文法課
基礎文法與構句

1 基礎文法   2 構句

Unit
01 基礎文法

　　俄語中的詞會根據語義特徵、形態特點和句法功能劃分為不同的詞彙類別。

　　俄語的詞類按照意義和功能分為實詞和虛詞。實詞是語言中詞彙和文法的基礎，包括名詞、形容詞、代詞、動詞、數詞和副詞。其中，名詞、形容詞、代詞、數詞有格的變化。而動詞除了變位外，還有時、體、態、人稱、數和式的變化範圍。副詞既不變格，也不變位。虛詞用來表示詞與詞、句與句之間的關係，不做句子成分。虛詞包括前置詞、連接詞、語氣詞。除了實詞和虛詞之外，還有一種特殊詞類：感嘆詞，用來表示說話人的感情和意願。

一、名詞

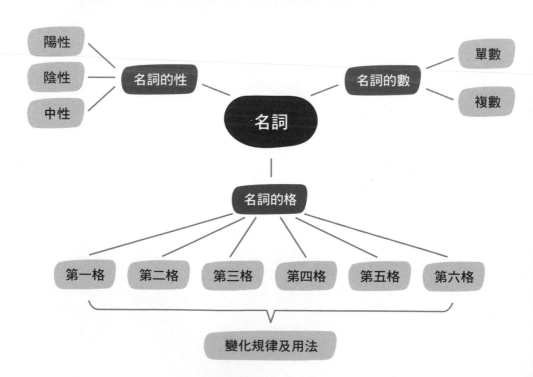

1 名詞的性

俄語的名詞有陽性、陰性和中性的區別，主要依據詞尾來確定屬性。陽性名詞以子音字母，及 -й、-ь 結尾；陰性名詞以 -а、-я、-ь 結尾；中性名詞以 -о、-е、-мя 結尾。以 -ь 結尾的名詞屬性需要另外記住，通常以 -арь、-аль、-тель 結尾的是陽性，以 -ость 結尾的抽象名詞是陰性。要注意表示人的名詞或者人名時不看詞尾，而按自然屬性來確定陽性或陰性。詳細說明請看下列表格：

名詞的性

性	範例單字	詞尾
陽性	**дом** 房子	硬子音
	музе́й 博物館 **слова́рь** 字典	-й -ь
陰性	**пого́да** 天氣 **пе́сня** 歌曲 **тетра́дь** 筆記本	-а -я -ь
中性	**окно́** 窗戶 **по́ле** 田野 **вре́мя** 時間	-о -е -мя

2 名詞的數

在俄語中，名詞一般都有單數和複數兩種形式，少部分的名詞只有一種數的形式。只有單數形式的名詞，例如：зо́лото（黃金），молодёжь（年輕人）；只有複數形式的名詞，例如：са́ни（雪橇），часы́（鐘；手錶）。

（1） 名詞單數變成複數

名詞的數

性 ＼ 數	單數	複數	詞尾變化
陽性	стака́н музе́й слова́рь	стака́ны музе́и словари́	+ ы -й→-и -ь→-и
陰性	ва́за пе́сня тетра́дь	ва́зы пе́сни тетра́ди	-а→-ы -я→-и -ь→-и
中性	окно́ мо́ре и́мя	о́кна моря́ имена́	-о→-а -е→-я -мя→-мена́

以下有五點注意事項：

① 名詞變成複數時，在後舌音 г，к，х 和唏音 ж，ч，ш，щ 之後不寫 -ы，而寫 -и。

　　例如：кни́га—кни́ги（書），парк—па́рки（公園），стих—стихи́（詩），нож—ножи́（刀），врач—врачи́（醫生），гру́ша—гру́ши（梨子），плащ—плащи́（外套，雨衣）。

② 有些陽性名詞以硬子音結尾，便成複數時不加 -ы 而加 -а。

　　例如：го́род—города́（城市），профе́ссор—профессора́（教授）。

③ 有些名詞變化特殊，需單獨記住。

　　例如：複數詞尾為 -ья 的單字，брат—бра́тья（兄弟），стул—сту́лья（椅子），де́рево—дере́вья（樹），друг—друзья́（朋友）；複數詞尾為 -и 的單字，例如：сосе́д—сосе́ди（鄰居），у́хо—у́ши（耳朵）。

④ 有些名詞（通常是外來語）永遠不變格。

　　例如：метро́（地鐵），такси́（計程車），фо́то（照片），ра́дио（收音機）等。

⑤ 以 -а、-я 結尾的陽性名詞按照陰性名詞的詞尾變成複數。

（2） 名詞數的意義

① 最基本的意義：單數表示一個人或物，複數表示兩個或兩個以上的人或物。

　　例如：Я прочитáла э́то письмó.

　　　　　我讀完了這封信。

　　　　　Я прочитáла э́ти пи́сьма.

　　　　　我讀完了這些信。

② 抽象名詞或物質名詞常用單數，表示一種物質或特性，而當作複數則表示種類、品種的多數，也就是多種類的意思。

　　例如：В магази́не продаётся винó.

　　　　　商店有賣酒。

　　　　　В магази́не вы́ставлены рáзные ви́на.

　　　　　商店裡陳列著各種酒。

③ 單數表示類的概念，指同一類的人或物。

　　例如：День учи́теля（教師節）

　　（此處教師只用單數第二格，表示教師這一類的人群。）

④ 只有單數的集合名詞表示相同意義的許多人或物。

　　例如：молодёжь = молоды́е лю́ди（年輕人），студéнчество = студéнты（大學生）

⑤ 常用複數名詞表示一件物品時，表示這個事物是由幾個組成要素或組成部分構成。

　　例如：Он подари́л мне часы́.

　　　　　他送了我一只手錶。

　　　　　Он надéл очки́.

　　　　　他把眼鏡戴上了。

3　名詞的格

　　俄語的名詞有格的文法，是指俄語名詞用不同的詞尾來表示它與句子中其他詞之間的各種文法關係。名詞的詞尾變化叫作「變格」，而每一個格在句中具有不同的意義和用法。

俄語大多數的名詞有單數和複數各 6 個格，一個有單、複數的名詞就有不同格的 12 種形式。但也有少數外來名詞和一些複合縮寫詞沒有格的形態變化。如：пальто（大衣），кино（電影院），кафе（咖啡廳）這一類名詞不變格，稱作不變格名詞。雖然沒有字形變化，但言語中依然具有一定格的意義。例如：Мы вышли из кафе.（我們從咖啡店裡走了出來。）此處的 кафе 沒有變化，但同樣是第二格，與前置詞 из 連用表示從咖啡店裡面出來。

（1）名詞第一格

在俄語的 6 個格中，第一格是名詞的原始形式，是其他所有格的代表形式，也叫主格（именительный падеж）。複數的第一格由單數的第一格變化而來，但在句子中和其他詞的文法關係是一樣的，都是表示主體意義或限定意義。

名詞第一格的用法

① 當作主語

例如：Мама работает в школе.

媽媽在學校工作。

② 當作謂語（靜詞性）

例如：Это мой друг.

這是我朋友。

Мой друг — врач.

我的朋友是醫生。

③ 稱呼語

例如：Антон, что с тобой?

安東，你怎麼了？

④ 稱名句

例如：Август, жара.

八月，炎熱。

（2） 名詞第二格

第二格也叫屬格（роди́тельный паде́ж），在句中主要呈現的是限定意義、客體意義和主體意義。

1〉名詞第二格的組成

名詞單數第二格陽性、中性的詞尾是 -a、-я，陰性詞尾是 -ы、-и。在後舌音 г、к、х 和唏音 ж、ч、ш、щ 的後面不會寫成 -ы，而是寫成 -и。

名詞複數第二格組成比較複雜。子音（除了唏音 ж、ч、ш、щ 以外）結尾的陽性名詞詞尾是 -ов，以 -й 結尾的詞尾是 -ев；唏音 ж、ч、ш、щ 和軟音符號 -ь、-е 結尾的詞尾是 -ей；而 -a、-я、-o 結尾的去掉詞尾，形成禿尾；-ия、-ие 結尾會變為 -ий。具體組成請見表格。

名詞第二格

性 \ 格	第一格	第二格（單數）	詞尾	第二格（複數）	詞尾
	кто, что	кого́, чего́		кого́, чего́	
陽性	заво́д нож врач геро́й слова́рь	заво́да ножа́ врача́ геро́я словаря́	+ a -й → -я -ь → -я	заво́дов ножей́ врачей́ геро́ев словарей́	硬子音（ж, ш 除外）+ ов ж, ч, ш, щ 後 + ей -й → -ев -ь → -ей
陰性	ко́мната у́тка пе́сня аудито́рия тетра́дь	ко́мнаты у́тки пе́сни аудито́рии тетра́ди	-a → -ы -я → -и -ь → -и	ко́мнат у́ток пе́сен аудито́рий тетра́дей	-a, -я → 禿尾 -ия → -ий -ь → -ей
中性	сло́во мо́ре заня́тие и́мя	сло́ва мо́ря заня́тия и́мени	-о → -a -е → -я -ие → -ия -мя → -мени	слов морей́ заня́тий имён	-о → 禿尾 -е → -ей -ие → -ий -мя → -мён

以下有三點要注意的地方：

① 組成單數第二格時，詞幹中可能會去掉母音 -o 或 -e，而組成複數第
二格時，去掉詞尾後，若有兩個子音相連時，常在兩個子音之間加上
-o 或 -e(-ё)。

例如：

單數　день — дня（天）, отéц — отцá（父親）

複數　окно́— о́кон（窗戶）, у́тка — у́ток（鴨子）, пéсня —
пéсен（歌曲）, письмо́— пи́сем（信）

② 有些名詞在變第二格時還會發生音變。

例如：

單數　боéц — бойцá（戰士）

複數　яйцо́ — яи́ц（雞蛋）, недéля — недéль（星期）, ку́хня —
ку́хонь（廚房）, дéньги — дéнег（金錢）

③ 有些名詞（通常為組成特殊複數形式的名詞）第二格變化特殊，需單
獨記住。

例如：

單數　мать — мáтери（母親）, дочь — до́чери（女兒）

複數　брат— брáтьев（兄弟）, друг — друзéй（朋友）, сосéд —
сосéдей（鄰居）, у́хо — ушéй（耳朵）

2〉名詞第二格的用法

① 做非一致定語。

◆ 表示所屬關係，放在被說明的名詞後面，相當於「～的」。

例如：Это ко́мната роди́телей.

這是爸媽的房間。

◆ 表示性質、特徵，位於被說明的名詞後面。

例如：Я учу́сь на факультéте ру́сского языка́.

我在俄語系學習。

◆ 當作補語，與要求第二格的動詞連用，如 боя́ться、достигнуть 等。

例如：Дéло мáстера бои́тся.

大師的作品令人敬畏。

② 否定句中，被否定的名詞用第二格。與 не было、нет、не будет 連用表示人或事物的不存在。

例如：Утром декана не было в кабинете.

早上系主任不在辦公室。

③ 組成前置詞詞組，與要求第二格名詞的前置詞連用，如 у、около、от、из、с、до、после 等。

例如：Она у окна сидит.

她坐在窗邊。

④ 第二格名詞常和數詞搭配，除 1 或個位數為 1 的合成數詞以外，俄語數詞或數量名詞在第一格（或同於第一格的第四格）時，要求後面的名詞用第二格：2、3、4 或個位數為 2、3、4 的合成數詞後用單數第二格；5 及以上用複數第二格。

例如：два человека 兩個人

двадцать две девушки 22 個女孩

сто пятьдесят книг 150 本書

часть студентов 一部分的大學生

（3）名詞第三格

俄語名詞的第三格被稱為與格（дательный падеж），說明第三格語法的基本功能為表收受者的客體意義。第三格還常用於無人稱句，體現主體意義。

1〉名詞第三格的組成

陽性和中性名詞的單數第三格詞尾是 -у (-ю)。陰性名詞中以 -а、-я 結尾的單數第三格詞尾是 -е，以 -ь、-ия 結尾的單數第三格詞尾是 -и。
以硬子音及 -а、-о 結尾的名詞複數第三格詞尾是 -ам，以 -й、-ь、-я、 е 結尾的名詞複數第三格詞尾是 -ям。

名詞第三格

格\性	第一格	第三格（單數）	詞尾	第三格（複數）	詞尾
	кто, что	кому́, чему́		кому́, чему́	
陽性	заво́д нож врач геро́й слова́рь	заво́ду ножу́ врачу́ геро́ю словарю́	子音 + у -й → ю -ь → ю	заво́дам ножа́м врача́м геро́ям словаря́м	子音 + ам -й → -ям -ь → -ям
陰性	ко́мната пе́сня аудито́рия тетра́дь	ко́мнате пе́сне аудито́рии тетра́ди	-а, -я → -е -ия → -ии -ь → -и	ко́мнатам пе́сням аудито́риям тетра́дям	-а → -ам -я → -ям -ия → -иям -ь → -ям
中性	сло́во мо́ре и́мя	сло́ву мо́рю и́мени	-о → -у -е → -ю -мя → -мени	слова́м моря́м имена́м	-о → -ам -е → -ям -мя → -мена́м

以下有 2 個注意事項

① 組成單數第三格名詞時也去掉母音的情況。

例如：оте́ц — отцу́（父親），день— дню（天）

② 特殊的名詞第三格需要單獨記住。

例如：

單數　мать — ма́тери（母親），дочь — до́чери（女兒）

複數　брат — бра́тьям（兄弟），друг — друзья́м（朋友），лю́ди — лю́дям（人們），де́ти — де́тям（孩子們），мать — матеря́м（母親），дочь — дочеря́м（女兒）

2〉名詞第三格的用法

① 當作及物動詞的間接補語（動作行為的間接對象）。

例如：Он рассказа́л бра́ту об э́том.

他把這件事告訴了他兄弟。

Она́ преподаёт второку́рсникам грамма́тику.

她給二年級學生上文法課。

② 與接第三格的不及物動詞連用。

　　例如：Отéц всегдá помогáет молодёжи.

　　　　　父親總是幫助年輕人。

　　　　　Мы ýчимся рýсскому языкý.

　　　　　我們正在學習俄語。

③ 表示年齡特徵或存在時間的主體用第三格。

　　例如：Моéй сестрé 20 лет.

　　　　　我的妹妹 20 歲。

　　　　　Этому гóроду ужé бóльше ты́сячи лет.

　　　　　這座城市已經有一千多年的歷史。

④ 無人稱句中的主體。

　　例如：Дéвушке óчень вéсело.

　　　　　這個女孩很開心。

　　　　　Учи́телю нáдо отдыхáть.

　　　　　老師應該休息。

　　　　　Нáде нездорóвится.

　　　　　娜蒂雅身體不舒服

⑤ 與前置詞 к / ко（朝、向、往、到），по（沿著、在範圍內）等連用。

　　例如：Мы гуля́ем по ýлице.

　　　　　我們沿著街道散步。

　　　　　Давáйте пойдём к дирéктору в кабинéт.

　　　　　我們去校長（經理）辦公室吧！

（4） 名詞第四格

　　俄語中名詞第四格也叫賓格（вини́тельный падéж），表明名詞第四格的基本意義為客體意義，最基本的用法是與及物動詞連用表示行為的直接客體。

1〉名詞第四格的組成

中性名詞的單數和複數第四格同第一格。陽性非動物名詞的單、複數第四格同第一格，動物名詞的單、複數第四格同第二格。陰性名詞構成複數第四格時，非動物名詞同第一格，動物名詞同第二格。陰性名詞單數第四格變化為 -a 變 -y、-я 變 -ю、-ь 不變。詳細情況請見表格。

名詞第四格陰性

格 性	第一格	第四格（單數）	詞尾
	кто, что	**кого-что**	
陰性	ко́мната ма́ма пе́сня тётя тетра́дь	ко́мнату ма́му пе́сню тётю тетра́дь	}　-а → -у }　-я → -ю -ь 不變

注意以 -a、-я 結尾的陽性動物名詞的變格同以 -a、-я 結尾的陰性名詞的變格。

例如：па́па — па́пу（爸爸），дя́дя — дя́дю（叔叔），мужчи́на—мужчи́ну（男人），Ко́стя — Ко́стю（科斯佳）

2〉名詞第四格的用法

① 當作及物動詞或謂語副詞的直接補語。

例如：Я купи́ла но́вую кни́гу.

我買了一本新書。

Мне ну́жно пра́вду.

我需要真相。

② 表示行為或狀態持續的時間或空間。

例如：Шёл дождь всю неде́лю.

雨下了整整一星期。

Вчера́ мы прое́хали ты́сячу киломе́тров.

昨天我們行駛了一千公里。

③ 與前置詞 в、на、че́рез、за、про 等連用。

例如：В пя́тницу у нас бу́дет собра́ние.

我們將在週五開會。

Пойдём в библиоте́ку занима́ться.

我們去圖書館學習吧！

Поста́вьте стака́н на стол.

請把杯子放到桌子上。

Че́рез неде́лю мы встре́тимся.

我們一周後再見面。

Спаси́бо вам за подде́ржку.

感謝您的支持。

Про экза́мен никто́ не говори́л.

誰也沒說過有關考試的事情。

（5）名詞第五格

俄語中名詞第五格被稱為工具格（твори́тельный паде́ж）。第五格最基本的意義為用於表示製造某物的工具和完成某行為的方式、方法。

1〉名詞第五格的組成

陽性和中性名詞單數第五格的詞尾是 -ом、-ем (-ём)。陰性名詞中以 -а、-я 結尾的，單數第五格詞尾是 -ой、-ей (-ёй)；以 -ь 結尾的，單數第五格在 -ь 後加 -ю。複數第五格以硬子音 -а、-о 結尾的名詞詞尾是 -ами，以 -й、-ь、-я、-е 結尾的名詞詞尾是 -ями。

名詞第五格

格 / 性	第一格	第五格（單數）	詞尾	第五格（複數）	詞尾
	кто, что	кем, чем		кем, чем	
陽性	заво́д нож муж геро́й учи́тель слова́рь	заво́дом ножо́м му́жем геро́ем учи́телем словарём	硬子音 + ом 唏音、ц + о́м 唏音、ц + ем -й → -ем -ь → -ем -ь → -ём	заво́дами ножа́ми врача́ми геро́ями учителя́ми словаря́ми	}子音 + ами -й, -ь → -ями }
陰性	ко́мната пе́сня семья́ аудито́рия тетра́дь	ко́мнатой пе́сней семьёй аудито́рией тетра́дью	-а → -ой -я → -ей -я → -ёй -ия → -ией -ь → -ью	ко́мнатами пе́снями се́мьями аудито́риями тетра́дями	-а → -ами -я → -ями -ия → -иями -ь → -ями
中性	сло́во мо́ре и́мя	сло́вом мо́рем и́менем	-о → -ом -е → -ем -мя → -менем	слова́ми моря́ми имена́ми	-о → -ами -е → -ями -мя → -мена́ми

以下有兩點注意事項：

① 以 ж、ш、ч、щ、ц 結尾的名詞變單數第五格時，重音在詞尾為 -о́м
（陽性、中性）或 -о́й（陰性），重音不在詞尾為 -ем（陽性或中
性）或 -ей（陰性）。

　　例如：нож — ножо́м（刀），муж — му́жем（丈夫），

　　　　　лапша́ — лапшо́й（麵條），столи́ца—столи́цей（首都）

② 俄語中特殊第五格名詞的組成形式，需要單獨記憶。

　　例如：мать — ма́терью — матеря́ми（母親），

　　　　　дочь — до́черью — дочеря́ми（女兒），

　　　　　брат — бра́том — бра́тьями（兄弟），

　　　　　друг — дру́гом — друзья́ми（朋友），

сын — сы́ном — сыновья́ми（兒子），

сосе́д — сосе́дом — сосе́дями（鄰居），

челове́к — челове́ком — людьми́（人）

2〉名詞第五格的用法

① 表示行為的工具、方式、方法。

例如：Мы еди́м па́лочками.

我們用筷子吃飯。

Профе́ссор е́дет в университе́т авто́бусом.

教授搭乘公車去學校。

② 在不及物動詞後做間接補語。

例如：Ка́ждый день мы занима́емся спо́ртом.

我們每天都做運動。

Он облада́ет хоро́шим го́лосом.

他有一副好嗓子。

③ 表示行為的時間或時間長度。

例如：Мы отпра́вились ра́нним у́тром.

我們一大早就出發了。

Она́ мо́жет часа́ми расска́зывает о свои́х де́тях.

她可以花好幾個小時談論自己的孩子。

④ 與前置詞 с、за、пе́ред、над、под、ме́жду 等連用。

例如：Он лю́бит разгова́ривать со свои́м отцо́м.

他喜歡和父親交談。

Пе́ред сном послу́шайте му́зыку.

睡覺前聽聽音樂吧！

Ме́жду до́мом и реко́й была́ бесе́дка.

房子和河流之間曾有一座涼亭。

（6） 名詞第六格

名詞第六格在俄語中被稱作前置格（предло́жный паде́ж），說明名詞第六格必須和前置詞一起使用，組成一個語意、句型的單位，可以和動詞或名

詞產生聯繫。

1〉名詞第六格的組成

俄語中以 -ий、-ие、-ия 結尾的名詞單數第六格詞尾為 -ии，以 -ь 結尾的陰性名詞詞尾為 -и，其餘變化後的詞尾均為 -e。

名詞的以硬子音 -а、-о 結尾的名詞複數第六格詞尾為 -ах，以 -й、-е、-я、-ь 結尾的名詞詞尾為 -ях。

名詞第六格

格 \ 性	第一格 кто, что	第六格 （單數） о ком, о чём	詞尾	第六格 （複數） о ком, о чём	詞尾
陽性	заво́д геро́й слова́рь	(о) заво́де (о) геро́е (о) словаре́	子音 + е -й → -е -ь → -е	(о) заво́дах (о) геро́ях (о) словаря́х	子音 + ах -й → -ях -ь → -ях
陰性	ко́мната пе́сня аудито́рия тетра́дь	(о) ко́мнате (о) пе́сне (об) аудито́рии (о) тетра́ди	-а → -е -я → -е -ия → -ии -ь → -и	(о) ко́мнатах (о) пе́снях (об) аудито́риях тетра́дях	-а → -ах -я → -ях -ия → -иях -ь → -ях
中性	сло́во мо́ре сочине́ние и́мя	(о) сло́ве (о) мо́ре (о) сочине́нии (об) и́мени	-о → -е -е → -е -ие → -ии -мя → -мени	(о) слова́х (о) моря́х (о) сочине́ниях (об) имена́х	-о → -ах -е → -ях -ие → -иях -мя → -мена́х

有一點需要注意：

某些名詞（主要為陽性的單音節詞）構成單數第六格時，詞尾為 -у、-ю，表示處所，回答 где 的問題。

例如：мост — на мосту́（橋），сад — в саду́（花園），край — в краю́ / на краю（邊緣；地區）

2〉名詞第六格的組成

第六格名詞只能與前置詞一起使用，常與第六格連用的前置詞有 о、в、на、при 等。

① о (об，обо) 表示言語及思想的內容。

　　例如：Об учёбе мы уже поговори́ли с сы́ном.

　　　　　我們已經和兒子談過關於學習的事了。

② в、на 表示地點或時間。

◆　表示地點

　　例如：в столе́ 在桌子裡，на столе́ 在桌子上

　　　　　в ко́мнате 在房間裡，на у́лице 在街上

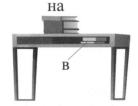

◆　表示時間

　　例如：в э́том году́ 在今年，на про́шлой неде́ле 在上週

③ при 表示在～情況下。

　　例如：При неуда́че не уныва́йте.

　　　　　失敗時請不要灰心。

二、形容詞

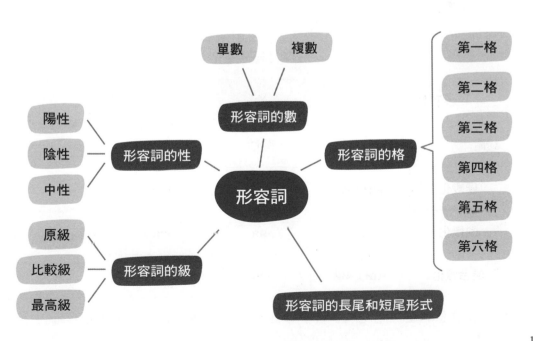

形容詞表示人或事物的特徵，通常和名詞連用，在句中當作定語或謂語，它和被限定的名詞保持性、數、格的一致。因此，形容詞有陽性、陰性和中性的區別，也有單數和複數形式，單複數各有 6 個格。

形容詞按照意義可以分為性質形容詞、關係形容詞和物主形容詞。

示範單字

性質 形容詞	хоро́ший	好的	плохо́й	壞的	но́вый	新的
關係 形容詞	городско́й	城市的	дереве́нский	農村的	студе́нческий	大學生的
物主 形容詞	ма́мин	母親的	дя́дин	叔叔的	отцо́в	父親的

1 形容詞的性和數

形容詞按照詞尾的不同，大致分為硬變化、軟變化和混合變化三種類型。

形容詞詞尾變化

性和數 詞尾	性			複數
	陽性	陰性	中性	
硬變化	-ый / -ой	-ая	-ое	-ые
軟變化	-ий	-яя	-ее	-ие
混合變化	-ой / -ий	-ая	-ое / -ee	-ие

要注意的是，詞尾前子音字母為 г、к、х、ж、ш、ч、щ 的形容詞，複

數形式詞尾是 -ие。

例如：нóвый студéнт（新學生），нóвая кнúга（新書），

нóвое плáтье（新連身裙），нóвые друзья́（新朋友們），

срéдний рост（中等身材），срéдняя шкóла（中學），

срéднее образовáние（中等教育），срéдние векá（中世紀），

большóй интерéс（極大的興趣），большáя сýмка（大手提包），

большóе я́блоко（大蘋果），больши́е кóмнаты（大房間），

горя́чий чай（熱茶），горя́чая водá（熱水），

горя́чее молокó（熱牛奶），горя́чие слёзы（熱淚）

2 形容詞的格

形容詞六個格的變化

格 \ 性和數	硬變化				軟變化			
	單數			複數	單數			複數
	陽性	中性	陰性		陽性	中性	陰性	
第一格	-ый / -óй	-ое	-ая	-ые	-ий	-ее	-яя	-ие
第二格	-ого		-ой	-ых	-его		-ей	-их
第三格	-ому		-ой	-ым	-ему		-ей	-им
第四格	同一或同二	-ое	-ую	同一或同二	同一或同二	-ее	-юю	同一或同二
第五格	-ым		-ой	-ыми	-им		-ей	-ими
第六格	-ом		-ой	-ых	-ем		-ей	-их

以下有三點需要注意：

① 形容詞詞幹的末尾子音是 г、к、х、ж、ш、ч、щ 時，需要按照語音拼讀規則，不能和 -ы、-я 相拼，需換成 -и、-а。

例如：лёгкий, лёгкая, лёгкое, лёгкие（輕鬆的）

С лёгким па́ром!

浴後好！（對剛剛洗完澡的人的問候）

② 形容詞詞幹末尾子音是 ж, ч, ш, щ 時，構成單數各格詞尾帶重音時為硬變化詞尾形式，不帶重音時為軟變化詞尾形式。

例如：большо́й, больша́я, большо́е, больши́е（大的）

В Большо́м теа́тре постоя́нно иду́т класси́ческие о́перные и бале́тные спекта́кли.

在莫斯科大劇院經常會有經典的歌劇和芭蕾演出。

хоро́ший, хоро́шая, хоро́шее, хоро́шие（好的）

Жела́ю тебе́ находи́ться в хоро́шем настрое́нии!

祝你心情愉快！

③ 帶形容詞詞尾的名詞，會按照形容詞詞尾的組成方式變成單複數的各個格。

例如：рабо́чий（工人）, столо́вая（食堂）

---

3 形容詞的長尾和短尾形式

　　性質形容詞具有長尾和短尾兩種形式。短尾形式是由長尾形式所構成，只有性和數的變化，沒有格的變化。短尾形式在句中當作謂語，通常表示暫時的、在一定條件下呈現的、相對的性質特徵。

　　絕大多數形容詞短尾形式的結尾屬於硬變化。

短尾形容詞的構成

性和數 短尾詞尾	陽性	陰性	中性	複數
硬變化	-	-а	-о	-ы
軟變化	-ь	-я	-е	-и

例如：Он бо́лен, на́до вы́звать к нему́ врача́.

他生病了，應該請醫生來看看。

Юбка мо́дная, но она́ мне широка́.

這件裙子很時尚，但是我穿太大件了。

Лицо́ у него́ сейча́с споко́йно.

現在他的臉色很平靜。

Эти брю́ки ему́ велики́.

這條褲子對他來說太大件了。

Во́здух чист и свеж, со́лнце я́рко, не́бо си́не.

空氣清新，陽光燦爛，天空蔚藍。

4 形容詞的級

性質形容詞有比較等級的分類，也就是原級、比較級和最高級。

(1) 原級

原級就是形容詞的原形，一般說明人、事、物的特徵，沒有比較的含義，是組成比較級和最高級的基礎。

例如：Эта де́вушка о́чень краси́вая.

這個女孩非常漂亮。

(2) 比較級和最高級

比較級和最高級是透過比較找出在性質、程度上的差異，本身就帶有比較的含義。

例如：Эта де́вушка краси́вее той.

這個女孩比那個女孩更漂亮。

Эта де́вушка са́мая краси́вая в свое́й гру́ппе.

這個女孩是全班最漂亮的。

形容詞比較級和最高級的組成都有單一型和合成型兩種方法。單一型比較級由原級形容詞的詞幹加後綴 -ee 或 -e。

例如：интере́сный — интере́снее（有趣的），

богáтый — богáче（富裕的）

合成型比較級由原級形容詞直接加上 бóлее（更～）或 мéнее（較不～）。

例如：интерéсный — бóлее интерéсный, мéнее интерéсный（有趣的）

單一型最高級是原級形容詞的詞幹加上後綴 -ейший 或 -айший。

例如：богáтый — богатéйший（富裕的）、высóкий — высочáйший（高的）

合成型最高級是由 сáмый 加原級形容詞所組成的。

例如：богáтый— сáмый богáтый（富裕的），

　　　высóкий — сáмый высóкий（高的）

三、代詞

俄語中代詞是用來概括事物、特徵和數量，主要分為人稱代詞、物主代詞、指示代詞、限定代詞和疑問代詞共五種。

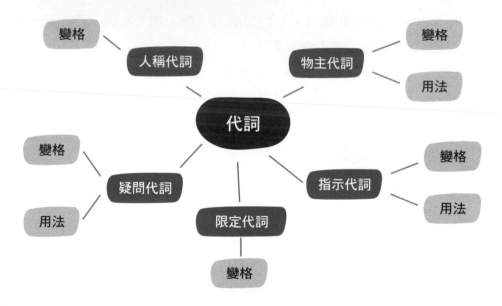

1 人稱代詞

人稱代詞用以代替人或事物，有三個人稱：

◆ 第一人稱指說話者：я（我），мы（我們）

◆ 第二人稱指交談對方：ты（你），вы（你們，您）

◆ 第三人稱指談話所提及的其他人或物：он（他），она́（她），оно́（它），они́（他們，她們，它們）

人稱代詞具有格的變化，具體細節可看表格。

人稱代詞變格表

格＼數	單數				複數		
第一格	я	ты	он(оно́)	она́	мы	вы	они́
第二格	меня́	тебя́	его́	её	нас	вас	их
第三格	мне	тебе́	ему́	ей	нам	вам	им
第四格	同二格						
第五格	мной	тобо́й	им	ей	на́ми	ва́ми	и́ми
第六格	(обо) мне	(о) тебе́	(о) нём	(о) ней	(о) нас	(о) вас	(о) них

例如：Он сказа́л: "Я до́ма."

他說：「我在家裡。」

Вы не ска́жете, как мне пое́хать в центр го́рода?

你能告訴我，該怎麼去市中心嗎？

Они́ лю́бят ру́сский язы́к.

他們喜歡俄語。

2　物主代詞

物主代詞指事物是屬於哪個人稱。

1〉物主代詞的變格

мой（我的）的變格

性和數 格	單數			複數
	陽性	中性	陰性	
第一格	мой	моё	моя́	мои́
第二格	моего́		мое́й	мои́х
第三格	моему́		мое́й	мои́м
第四格	同一或二	моё	мою́	同一或二
第五格	мои́м		мое́й	мои́ми
第六格	(о) моём		(о) мое́й	(о) мои́х

⚠ твой（你的）和 свой（自己的）的變格與 мой 相同。

наш（我們的）的變格

性和數 格	單數			複數
	陽性	中性	陰性	
第一格	наш	на́ше	на́ша	на́ши
第二格	на́шего		на́шей	на́ших
第三格	на́шему		на́шей	на́шим
第四格	同一或二	на́ше	на́шу	同一或二
第五格	на́шим		на́шей	на́шими
第六格	(о) на́шем		(о) на́шей	(о) на́ших

⚠ ваш（你們的；您的）的變格與 наш 相同。

его́（他的），её（她的），их（他們的）不發生變化。

2〉物主代詞的用法

① 第一、二人稱和反身物主代詞在句中說明名詞，與名詞在性、數、格上保持一致，做一致定語。

　　例如：Мой друг живёт в Москве́. 我的朋友住在莫斯科。

　　　　　Ва́ши роди́тели уже́ на пе́нсии? 您的父母退休了嗎？

　　　　　Мы лю́бим свою́ Ро́дину. 我們熱愛自己的國家。

② 第三人稱物主代詞沒有性、數、格的變化，在句中做非一致定語。

　　例如：Я не чита́л его́ кни́гу. 我沒有讀過他的書。

　　　　　Их по́мощь мне нужна́. 我需要他們的幫忙。

---

3 指示代詞

指示代詞用來指示事物、事物的特徵和數量。

1〉指示代詞的變格

э́тот 和 тот 的變格

格 ＼ 性和數	陽性中性	陰性	複數	陽性中性	陰性	複數
第一格	э́тот (э́то)	э́та	э́ти	тот(то)	та	те
第二格	э́того	э́той	э́тих	того́	той	тех
第三格	э́тому	э́той	э́тим	тому́	той	тем
第四格	同一或二	э́ту	同一或二	同一或二	ту	同一或二
第五格	э́тим	э́той	э́тими	тем	той	те́ми
第六格	(об) э́том	(об) э́той	(об) э́тих	(о) том	(о) той	(о) тех

2〉指示代詞的用法

① э́тот 表示距離近的或剛提到過的人或事物，тот 則表示距離遠或先前提到的人或事物。在句中做定語，和被說明的名詞保持性、數、格的一致。

例如：Этот дом но́вый, а тот ста́рый. 這棟房子是新的，而那棟是舊的。

Дай мне э́ту кни́гу. 請把這本書給我。

② 中性形式 э́то、то 當作主語，意思為「這是，那是」。

例如：Это мой друг Андре́й. 這是我的朋友安德烈。

То была́ ма́ленькая де́вочка. 那是一個小女孩。

③ 可以作為上文內容的總結。

例如：Сын си́льно боле́ет, это мать о́чень беспоко́ит.

兒子病得很重，這讓母親非常擔心。

Ли́да всегда́ шу́тит. Мы уже́ привы́кли к э́тому.

莉達總是在開玩笑，對此我們已經習慣了。

④ тако́й 指代上文中已經提到過的特徵，在句中作定語或謂語，性、數、格的形式和 -ой 結尾的形容詞相同。可以說明名詞或形容詞，也可以和 кто、что 固定搭配，當作謂語，表示「什麼人、什麼（東西）」。

例如：Тако́й рабо́тник нам не ну́жен. 這樣的工作人員我們不需要。

О, тако́е вку́сное блю́до. 啊，多麼好吃的菜。

Кто таки́е э́ти лю́ди? 這些人是做什麼的？

Что тако́е сча́стье? 幸福是什麼？

4 限定代詞

俄語中限定代詞主要有 весь（全體，全部的），ка́ждый（每一個），вся́кий（各種各樣的），любо́й（任何的），сам（自己，本人），са́мый（本身，正是），表示概括地指代事物的特徵，也有性、數、格的區別，和指稱的名詞保持一致。

限定代詞中，除了 весь 和 сам 的性、數、格組成特殊以外，其餘都按照形容詞的詞尾組成方法做相對應的變化。

весь 的變格

性和數 / 格	單數			複數
	陽性	中性	陰性	
第一格	весь	всё	вся	все
第二格	всего́		всей	всех
第三格	всему́		всей	всем
第四格	同一或二	всё	всю	同一或二
第五格	всем		всей	все́ми
第六格	(обо) всём		(обо) всей	(обо) всех

сам 的變格

性和數 / 格	單數			複數
	陽性	中性	陰性	
第一格	сам	само́	сама́	са́ми
第二格	самого́		само́й	сами́х
第三格	самому́		само́й	сами́м
第四格	同一或二	само́	самоё / саму́	同一或二
第五格	сами́м		само́й	сами́ми
第六格	(о) само́м		(о) само́й	(о) сами́х

5　疑問代詞

　　疑問代詞是對事物、特徵、數量所發出的疑問，例如 кто（誰），что（什麼），како́й（什麼樣的），како́в（怎麼樣，如何），чей（誰的），кото́рый（哪個，第幾個）等。

（1） кто、что

1〉кто、что 的變格

кто、что 的變格

第一格	第二格	第三格	第四格	第五格	第六格
кто	кого	кому	кого	кем	(о) ком
что	чего	чему	что	чем	(о) чём

2〉кто、что 的用法

① кто 用於對動物名詞的提問，что 用於對非動物名詞的提問。

例如：Кто лу́чше поёт?

誰唱得比較好？

Что ты пи́шешь?

你在寫什麼？

② кто 和 что 當作主語時，動詞謂語現在式和將來式會用單數第三人稱，過去式及形容詞當作謂語時，會與 он 和 оно́ 的形式相同。

例如：Кто стои́т у окна́?

誰站在窗邊？

Кто приходи́л ко мне?

誰來過我這裡？

Что случи́лось с ней?

她怎麼了？

③ 詢問何人、何物時，固定片語搭配為 Кто тако́й (така́я, таки́е)...? Что тако́е...?

例如：Кто тако́й ре́ктор?

校長是誰？

Что тако́е сайт?

網站是什麼？

（1） како́й、кото́рый、чей

1〉како́й、кото́рый、чей 的變格

како́й 的變格

性和數 / 格	單數			複數
	陽性	中性	陰性	
第一格	како́й	како́е	кака́я	каки́е
第二格	како́го		како́й	каки́х
第三格	како́му		како́й	каки́м
第四格	同一或二	како́е	каку́ю	同一或二
第五格	каки́м		како́й	каки́ми
第六格	(о) како́м		(о) како́й	(о) каки́х

性和數 / 格	單數			複數
	陽性	中性	陰性	
第一格	кото́рый	кото́рое	кото́рая	кото́рые
第二格	кото́рого		кото́рой	кото́рых
第三格	кото́рому		кото́рой	кото́рым
第四格	同一或二	кото́рое	кото́рую	同一或二
第五格	кото́рым		кото́рой	кото́рыми
第六格	(о) кото́ром		(о) кото́рой	(о) кото́рых

чей 的變格

性和數 格	單數			複數
	陽性	中性	陰性	
第一格	чей	чьё	чья	чьи
第二格	чьего́		чьей	чьих
第三格	чьему́		чьей	чьим
第四格	同一或二	чьё	чью	同一或二
第五格	чьим		чьей	чьи́ми
第六格	(о) чьём		(о) чьей	(о) чьих

2〉какóй、котóрый、чей 的用法

① 疑問代詞 какóй、котóрый、чей 與所說明的名詞在性、數、格上保持一致。

例如：В какóм университéте вы у́читесь?

您在哪所大學學習？

Чья кни́га на столé?

桌上是誰的書？

Котóрый час?

幾點啦？

② какóй 可以用在感歎句中，表示對某種現象、特徵的感情評論。

例如：Какóй чудéсный день!

多麼美好的一天啊！

（3）какóв

疑問代詞 какóв（怎麼樣，如何）只有性和數的區別（какóв，каковá，каковó，каковы́），沒有格的變化，在句中當作謂語。

例如：Какóв план на слéдующий год?

明年有什麼計畫？

四、動詞

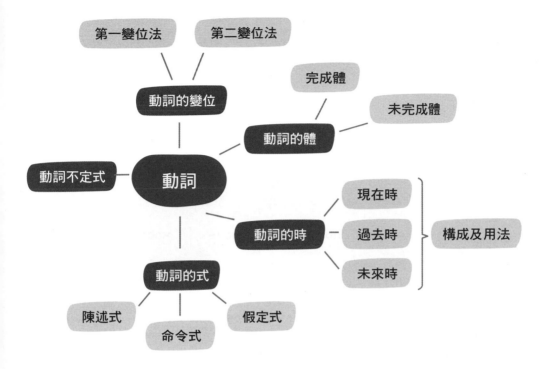

　　動詞是表示人的動作、行為和狀態的詞類。俄語的動詞有時間、人稱、體、式、態等文法。

1 動詞不定式

　　動詞未變化的形式被稱作動詞不定式，也叫動詞原形，詞尾形式主要是 -ть、-ти、-чь、-ться、-чься，如 де́лать（做），вести́（帶領），помо́чь（幫助），сади́ться（坐下），увле́чься（迷戀）。

2 動詞變位

　　俄語的動詞變位是指動詞會根據第一人稱（я, мы）、第二人稱（ты, вы）、第三人稱（он, она́, оно́, они́）的不同發生變化，分第一變位法和第二變位法。俄語動詞發生變化後的詞尾叫動詞的人稱詞尾。

（1） 第一變位法

第一變位法主要是以 -ать、-ять、-ти 結尾的動詞，去掉 -ть 以後動詞的人稱詞尾形式單數第一人稱為 -ю / -у，第二人稱為 -ешь / -ёшь，第三人稱為 -ет / -ёт；複數第一人稱為 -ем / -ём，第二人稱為 -ете / -ёте，第三人稱為 -ют / -ут。俗稱 -e 式。

動詞第一變位法詞尾變化

不定式 / 人稱形式		читáть	повторя́ть	мочь	нести́	-ать, -ять, -ти, -чь
單數	я	читáю	повторя́ю	могу́	несу́	-ю(-у)
	ты	читáешь	повторя́ешь	мо́жешь	несёшь	-ешь(-ёшь)
	он / онá	читáет	повторя́ет	мо́жет	несёт	-ет(-ёт)
複數	мы	читáем	повторя́ем	мо́жем	несём	-ем(-ём)
	вы	читáете	повторя́ете	мо́жете	несёте	-ете(-ёте)
	они́	читáют	повторя́ют	мо́гут	несу́т	-ют(-ут)

（2） 第二變位法

第二變位法主要是以 -ить 結尾的動詞，還包括一些以 -ать、-ять、-еть 結尾的動詞，去掉 -ить、-ать、-ять、-еть 後動詞的人稱詞尾形式單數第一人稱為 -ю / -у，第二人稱為 -ишь，第三人稱為 -ит；複數第一人稱為 -им，第二人稱為 -ите，第三人稱為 -ат / -ят。俗稱 -и 式。

動詞第二變位法詞尾變化

人稱形式 \ 不定式		例詞		詞尾
		ве́рить	слы́шать	-ить, -ать
單數	я	ве́рю	слы́шу	-ю(-у)
	ты	ве́ришь	слы́шишь	-ишь
	он / она́	ве́рит	слы́шит	-ит
複數	мы	ве́рим	слы́шим	-им
	вы	ве́рите	слы́шите	-ите
	они́	ве́рят	слы́шат	-ят(-ат)

俄語中常用的不規則變化動詞，需要特別記住。

例如：идти́（步行去～）以及包含此詞根的其他動詞，變位如下。

идти́ 的變位

人稱形式 \ 不定式		例詞	
		идти́	прийти́
單數	я	иду́	приду́
	ты	идёшь	придёшь
	он / она́	идёт	придёт
複數	мы	идём	придём
	вы	идёте	придёте
	они́	иду́т	приду́т

éхать（乘車去～）以及含此詞根的其他動詞，變位如下。

éхать 的變位

人稱形式	不定式	例詞 éхать	例詞 уéхать
單數	я	éду	уéду
單數	ты	éдешь	уéдешь
單數	он / онá	éдет	уéдет
複數	мы	éдем	уéдем
複數	вы	éдете	уéдете
複數	они	éдут	уéдут

另外幾組常用的基礎動詞，其他帶不同前綴的同根動詞可參考基礎動詞構成動詞的人稱形式。

特殊基礎動詞變位

人稱形式	不定式	быть	есть	дать	хотéть
單數	я	бýду	ем	дам	хочý
單數	ты	бýдешь	ешь	дашь	хóчешь
單數	он / онá	бýдет	ест	даст	хóчет
複數	мы	бýдем	едúм	дадúм	хотúм
複數	вы	бýдете	едúте	дадúте	хотúте
複數	они	бýдут	едя́т	дадýт	хотя́т

3 動詞的時和體

俄語動詞有未完成體和完成體兩種形式，絕大部分的動詞都有對應的未完成體和完成體。

例如：де́лать — сде́лать（做），ви́деть — уви́деть（看見），

мочь — смочь（能夠），получа́ть— получи́ть（得到），

расска́зывать — рассказа́ть（談論），

встреча́ться — встре́титься（見面），

покупа́ть — купи́ть（買），говори́ть — сказа́ть（說）

俄語動詞有過去時、現在時、未來時，表示動作行為與時間的關係。

未完成體動詞直接變位構成現在時形式，表示正在進行或者現在經常進行的行為；過去時表示已經進行過或者過去經常進行的行為；未來時表示將要進行的行為。

完成體動詞直接變位組成完成體的未來時形式，表示將要完成的行為，過去時表示已經完成的行為。完成體動詞沒有現在時。

（1） 動詞現在時

動詞現在時形式由未完成體動詞變位而來，主要用來表示：

① 說話時正在進行的行為。

例如：Мы сиди́м на дива́не, ве́село разгова́риваем.

我們坐在沙發上愉快地聊天。

② 經常重複進行的行為。

例如：Мы ча́сто занима́емся в библиоте́ке.

我們經常在圖書館學習。

③ 現象、本質、特徵和自然規律等。

例如：Рыба плáвает, птѝца летáет. 魚會游，鳥會飛。

（2） 動詞過去時

1〉組成

動詞過去時有性和數的變化，主要有以下幾種組成形式：

① 大多數動詞去掉不定時詞尾-ть，加上 -л、-ла、-ло、-ли 組成陽性、陰性、中性和複數的形式（帶 -ся 的過去時與不帶 -ся 相同，子音字母後加 -ся，母音後面加 -сь）。

例如：дéлать（做）：дéлал, дéлала, дéлало, дéлали

жить（住；生活）：жил, жилá, жѝло, жѝли

② 一些動詞的過去時陽性為子音字母，陰性、中性、複數詞尾分別為陽性過去時詞尾的子音加 -ла、-ло、-ли。

例如：нестѝ（帶）：нёс, неслá, неслó, неслѝ

мочь（能夠）：мог, моглá, моглó, моглѝ

умерéть（死亡）：ýмер, умерлá, ýмерло, ýмерли

③ идтѝ 及以此為詞幹的動詞過去時形式的詞尾形式為 шёл、шла、шло、шли。

例如：пойтѝ（去，走）：пошёл, пошлá, пошлó, пошлѝ

2〉意義和用法

未完成體：表示說話之前發生的行為或呈現的狀態，不指明是否完成，也可以表示過去經常重複的行為。

例如：—Что вы дéлали вчерá вéчером?

—Мы пéли, танцевáли.

你們昨天晚上做了什麼？

我們唱歌、跳舞了。

完成體：表示說話時刻前已經完成的行為。

例如：Я прочитáл ромáн и отдáл в библиотéку.

我讀完了小說並把它還回了圖書館。

一些完成體動詞過去時表示動作的結果到說話時還存在，主要是一些包含結果存在意義的動詞。如 прийти́（來），войти́（走進來），подня́ть（抬起），откры́ть（打開），заболе́ть（生病）等

例如：Твой оте́ц пришёл, тепе́рь ждёт тебя́ в общежи́тии.

你的父親來了，現在他在宿舍等你。

（3） 動詞未來時

未完成體未來時，也稱複合式未來時，由 быть 的各個人稱形式 я бу́ду、ты бу́дешь、он (она́, оно́) бу́дет、мы бу́дем、вы бу́дете、они́ бу́дут 加上未完成體動詞原形組成，表示說話之後將要發生的行為，不指明結果，也可以是將來多次發生的行為。

例如：За́втра я бу́ду чита́ть но́вый рома́н.

明天我將要讀一本新的小說。

На сле́дующей неде́ле мы бу́дем бе́гать по утра́м.

下周我們每天早上都要跑步。

完成體未來時，也稱簡單式未來時，由完成體動詞本身的變位形式組成，表示說話之後將要發生的有結果的行為。

例如：Этот текст я переведу́ за час.

這篇課文我將在一小時內翻譯完。

4 動詞的式

俄語動詞的式是指動詞透過特定的形態表示動作與現實的關係，指出動詞是現實的還是假定虛擬的，或希望實現的。由此，俄語動詞可分為三種式：陳述式、命令式、假定式。

（1） 陳述式

陳述式表示現實的動作行為，可能是正在進行，也可能是過去發生的和未來發生的。所以句中含有動詞的現在時、過去時、未來時的形式為動詞的陳述式。

例如：Я пишу́ письмо́. 我在寫信。

Я уже написа́л письмо́. 我已經寫完了信。

Я напишу́ письмо́ к у́жину. 我將會在晚飯前把信寫完。

（2）命令式

命令式表示說話者希望、要求、請求、命令、勸告、邀請對方進行或完成某一動作行為。

俄語中命令式主要是第二人稱命令式，也就是邀請、命令等主要是向聽話者發出，可以是針對一個人，也可以是許多人，因此第二人稱命令式有單複數兩種形式。

例如：Ма́ша, закро́й кни́гу.

瑪莎，把書闔上。

Ребя́та, закро́йте кни́гу.

孩子們，把書闔上。

第一人稱命令式表示說話者邀請或要求別人和自己一起進行或完成某動作行為。

例如：Ма́ша, дава́йте пойдём в кино́.

瑪莎，我們一起去看電影吧！

第三人稱命令式表示說話人希望、要求第三者進行或完成某動作行為。

例如：Пусть Ма́ша закро́ет кни́гу.

讓瑪莎把書闔上。

（3）假定式

假定式也稱虛擬式，是由動詞過去時加上語氣詞 бы 組成。假定式沒有時間、人稱的區別，只有性和數的變化。

假定式的意義和用法：

① 表示假定的、虛擬的、非現實的動作或行為。

例如：Если бы он пришёл во́время, уви́дел бы профе́ссора.

要是他準時來的話，他就會見到教授了。

На её ме́сте я бы не так поступи́ла.

如果我是她的話，就不會那樣做了。

② 表示客氣、委婉地表達自己的意見和想法，婉轉地請求、建議、勸告等。

例如：Я хоте́л бы узна́ть, когда́ верне́тся дека́н.

我想知道，系主任什麼時候回來？

Пошёл бы погуля́ть!

出去散散步吧！

③ 表示希望、願望等意義。

例如：Стал бы я писа́телем!

我多想當個作家啊！

Скоре́й бы начали́сь кани́кулы!

快點放假吧！

Unit
02 構句

俄語的句子是按照語法規則組織起來的，表達相對完整的意思，具有相對完整的語調的一組詞或者單個詞。句子從不同的角度分成不同的類別。

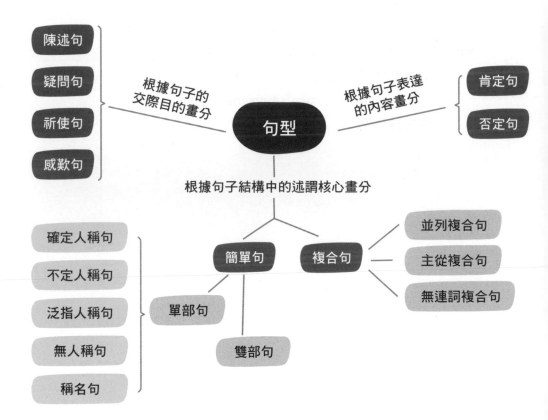

一、根據句子的目的畫分

1 陳述句

陳述句是指陳述某個事實、現象、事件或者確定某種特徵的句子。

例如：Я рабо́таю перево́дчиком.

我做翻譯工作。

2 疑問句

疑問句是指對有關人、事物或特徵來提問的句子。

例如：Что вы де́лаете в свобо́дное вре́мя?

您空閒時會做什麼？

Нет ли у тебя́ рома́на "Война́ и мир"?

你有《戰爭與和平》這本小說嗎？

Хо́чешь пойти́ со мной на фи́льм?

你想和我一起去看電影嗎？

3 祈使句

祈使句是指用來促使交談物件去進行某一行為的句子，常表示命令、要求、請求、建議、邀請、允許或禁止的意義。

例如：Не кури́те в за́ле!

不要在大廳抽菸！

Дава́йте споём пе́сню.

我們來唱首歌吧！

Пусть всегда́ любо́вь.

讓愛永存。

4 感嘆句

感歎句是指表達某種強烈情感的句子，說話用感歎語調，書寫用感嘆號。

例如：Как здесь хорошо́!

這裡真好啊！

Как жапь!

真遺憾！

二、根據句子表達的內容畫分

1 肯定句

肯定句是指具有肯定語意，表達對現實肯定的句子。

例如：Ко́мната чи́стая и аккура́тная.

房間乾淨又整潔。

2 否定句

否定句是指具有否定語意，表達對現實否定的句子。

例如：Мы его́ не ви́дели.

我們沒有見過他。

У него́ нет э́той кни́ги.

他沒有這本書。

Здесь нельзя́ кури́ть.

這裡禁止吸菸。

三、根據句子結構中的述謂核心畫分

1 簡單句

只有一個述謂核心的句子是簡單句。述謂核心可能包含主語和謂語兩個主要成分，也可能只有一個主要成分。根據句中主要成分的多少可以分為單部句和雙部句。

（1）單部句

單部句是指只有一種句子成分（通常是謂語）的句子。

1〉確定人稱句

有謂語，沒有主語，但是根據謂語動詞人稱的形式可以確定主語的句子。

例如： Позвоню́ тебе́ сего́дня ве́чером.

我今天晚上給你打電話。

2〉不定人稱句

有謂語、沒有主語，根據謂語動詞形式無法確定主語的句子。謂語動詞用複數第三人稱形式。

例如：Вас про́сят к телефо́ну.

（有人）請您接電話。

3〉泛指人稱句

有謂語，一般沒有主語，謂語動詞的行為泛指所有人的句子。謂語動詞常用單數第二人稱形式或者命令式單數。泛指人稱句主要用於諺語、格言中。

例如：В двух слова́х не расска́жешь.

說來話長；一言難盡。

Век живи́, век учи́сь.

活到老，學到老

4〉無人稱句

沒有主語，也不可能有主語。謂語常用無人稱動詞、謂語副詞或動詞原形來表示。若有行為主體，則用第三格。

例如：Мне ра́достно.

我很開心。

Ему́ тру́дно вы́полнить э́ту рабо́ту.

他很難完成這項工作。

Мне хо́чется домо́й.

我想回家。

Когда́ мне зайти́ к вам?

我什麼時候到您那裡去呢？

5〉稱名句

稱名句是指肯定事物、現象、狀態存在的句子，只用於現在時。句中沒有謂語，主要成分用第一格的名詞，數詞或名詞片語來表示。

例如：Зима́. Вот и снег.

　　　冬天，正下著雪。

　　　Шесть часо́в утра́.

　　　清晨六點。

（2）雙部句

雙部句是指由兩個主要成分（主語和謂語）組成的句子。

例如：Я люблю́ ру́сский язы́к.

　　　我熱愛俄語。

2　複合句

有兩個或兩個以上述謂核心的句子是複合句。在俄語中，複合句會根據兩個分句之間關係的不同分為並列複合句和主從複合句。

（1）並列複合句

並列複合句指有兩個或兩個以上單句借助並列連接詞連接起來，構成在結構和意義上完整的一個複句，各分句間句法關係是並列的。主要包括由連接詞 и... и...、ни... ни...、не то́лько... но и... 等連接的聯合、列舉、遞進關係複合句，連接詞 а、но、одна́ко 等組成的對比、對別關係複合句以及由и́ли、то... то...、то ли... то ли... 等組成的區分關係符合句。

例如：Мы вошли́ в аудито́рию, и услы́шали: "Здра́вствуйте!"

　　　我們走進教室，並且聽到：「你們好！」

　　　Вчера́ мы не встре́тились: ни я зашла́ к нему́, ни он не

　　　пришёл ко мне.

　　　昨天我們沒有見面，我沒有去找他，他也沒有來找我。

Ант́он не то́лько лю́бит рисова́ть, но и хорошо́ поёт.

安東不但喜歡畫畫，而且唱歌也好聽。

（2） 主從複合句

主從複合句指兩個或兩個以上分句用主從連接詞或關聯詞連接起來的複合句，各分句間句法上具有主從關係：處於主導地位的是主句，處於從屬地位的是從句。連接主句和從句的連接詞在從句中不做句子成分，不帶邏輯重音。而關聯詞既起連接作用，又在從句中做句子成分，帶邏輯重音。

例如：Я зна́ю, что вчера́ он купи́л но́вую руба́шку.（連接詞）

我知道他昨天買了件新襯衫。

Я зна́ю, что он вчера́ купи́л.（關聯詞）

我知道他昨天買了什麼。

主從複合句按照主句和從句之間的關係可分為不同類型的複合句，即帶某某從句的主從複合句。主要是以從句所處的具體從屬關係把從句分為限定（定語）從句、說明從句、行為方式方法從句、程度度量從句、比較從句、處所（地點）從句、時間從句、條件從句、讓步從句、原因從句、結果從句、目的從句、接續從句。

兩個分句構成的複合句是常見現象，但具體的對話或文章中也常見到三個或以上的分句構成的複合句，需要理清邏輯關係，逐句分析句法。

（3） 無連接詞複合句

俄語中各分句中不用連接詞或者關聯詞，而是借助語調來連接的複合句。書寫是用標點符號來表示。無連接詞複合句的意義關係與並列複合句相近。

例如：Напра́ва —вокза́л, нале́во—универма́г.（對比關係）

右邊是火車站，左邊是商場。

無連接詞複合句的意義關係也可以與主從複合句的語意相近。

例如：Вы́йти невозмо́жно: идёт тако́й дождь.（因果關係）

沒辦法出門，下那麼大的雨。

3

單字課
最常用的情境單字

оди́н	一
два	二
три	三
четы́ре	四
пять	五
шесть	六
семь	七
во́семь	八
де́вять	九

個位
Едини́цы

數字與數量
Ци́фра и
коли́чество

плюс	[陽，不變]	加，加號
ми́нус	[陽，不變]	減，減號
умно́жить	[完]	乘
раздели́ть	[完]	除
сложи́ть	[完]	相加
вы́честь	[完]	減去
увели́читься	[完]	增加
уме́ньшиться	[完]	減少

計算（四則運算）
Арифмети́ческое
вычисле́ние

ты́сяча	[數，陰]	一千
миллио́н	[數，陽]	百萬
миллиа́рд	[數，陽]	十億
триллио́н	[數，陽]	一兆

大數
Больши́е
чи́сла

одѝннадцать	[數]	十一
двена́дцать	[數]	十二
трина́дцать	[數]	十三
четы́рнадцать	[數]	十四
пятна́дцать	[數]	十五
шестна́дцать	[數]	十六
семна́дцать	[數]	十七
восемна́дцать	[數]	十八
девятна́дцать	[數]	十九

十位
Деся́тки

де́сять	[數]	十
два́дцать	[數]	二十
три́дцать	[數]	三十
со́рок	[數]	四十
пятьдеся́т	[數]	五十
шестьдеся́т	[數]	六十
се́мьдесят	[數]	七十
во́семьдесят	[數]	八十
девяно́сто	[數]	九十

百位
Со́тни

сто	[數]	一百
две́сти	[數]	二百
три́ста	[數]	三百
четы́реста	[數]	四百
пятьсо́т	[數]	五百
шестьсо́т	[數]	六百
семьсо́т	[數]	七百
восемьсо́т	[數]	八百
девятьсо́т	[數]	九百

арктический климат   極地氣候
океанический климат   海洋性氣候
континентальный климат   大陸性氣候
умеренный климат   溫帶氣候
субтропический климат   亞熱帶氣候

氣候帶
Климатические зоны

иней	[陽]	霜
град	[陽]	冰雹
метель	[陰]	暴風雪
замёрзнуть	[完]	結冰，結凍
растаять	[完]	（冰、雪等）融化

冰與雪
Лёд и снег

天氣與氣候
Погода и климат

ливень	[陽]	陣雨，暴雨
гроза	[陰]	雷陣雨
гром	[陽]	雷
молния	[陰]	閃電
дождь со снегом		雨雪

雨
Дождь

скорость ветра		風速
сила ветра		風力
порыв	[陽]	陣風
тайфун	[陽]	颱風
смерч	[陽]	龍捲風
буря	[陰]	風暴；暴（風）雨；暴風雪
шторм	[陽]	（通常指水面上的）烈風，風暴，狂風暴雨
ураган	[陽]	颶風

風
Ветер

氣候特徵
Климати́ческие осо́бенности

вла́жный	[形] 潮濕的
сухо́й	[形] 乾燥的
суро́вый	[形] 嚴寒的
вла́жная жара́	濕熱
сухо́й и холо́дный	乾冷的
зно́йный	[形] 炎熱的，酷熱的
малово́дный	[形] 水量少的
снегово́й	[形] 常年積雪的

大氣層
Атмосфе́ра

температу́ра	[陰] 溫度
вла́жность	[陰] 濕度
ви́димость	[陰] 能見度
и́ндекс загрязне́ния	污染指數
смог	[陽] 霧霾

晴天
Со́лнечный день

со́лнечный	[形] 陽光明媚的
я́сный	[形] 明亮的，晴朗的
о́блако	[中] 雲
ту́ча	[陰] 烏雲
о́блачный	[形] 多雲的
тума́нный	[形] 有霧的
роса́	[陰] 露水

весна́	[陰]	春天
весно́й	[副]	在春天
ле́то	[中]	夏天
ле́том	[副]	在夏天
о́сень	[陰]	秋天
о́сенью	[副]	在秋天
зима́	[陰]	冬天
зимо́й	[副]	在冬天

四季
Времена́ го́да

日期與時間
Да́та и
вре́мя

час	[陽]	小時
полчаса́	[陽]	半小時
мину́та	[陰]	分鐘
секу́нда	[陰]	秒
че́тверть	[陰]	一刻鐘

鐘錶
Часы́

да́та	[陰]	日子，日期
су́тки	[複]	一晝夜
у́тро	[中]	早晨
по́лдень	[陽]	中午
ве́чер	[陽]	傍晚
ночь	[陰]	夜晚
по́лночь	[陰]	半夜
заря́	[陰]	霞光
рассве́т	[陽]	黎明，拂曉
восхо́д со́лнца		日出
зака́т со́лнца		日落

一天
День

月份 1
Méсяц 1

янва́рь	[陽]	一月
февра́ль	[陽]	二月
март	[陽]	三月
апре́ль	[陽]	四月
май	[陽]	五月
ию́нь	[陽]	六月

月份 2
Méсяц 2

ию́ль	[陽]	七月
а́вгуст	[陽]	八月
сентя́брь	[陽]	九月
октя́брь	[陽]	十月
ноя́брь	[陽]	十一月
дека́брь	[陽]	十二月

星期
Неде́ля

понеде́льник	[陽]	星期一
вто́рник	[陽]	星期二
среда́	[陰]	星期三
четве́рг	[陽]	星期四
пя́тница	[陰]	星期五
суббо́та	[陰]	星期六
воскресе́нье	[中]	星期日

3-04

дéдушка	[陽] 祖父，外祖父
бáбушка	[陰] 祖母，外祖母
прабáбушка	[陰] （外）曾祖母
прáдед	[陽] （外）曾祖父

祖輩
Прéдки

家庭成員
Члéны
семьи́

сын	[陽] 兒子
дочь	[陰] 女兒
зять	[陽] 女婿
невéстка	[陰] 兒媳
племя́нник	[陽] 侄子
племя́нница	[陰] 侄女
внук	[陽] 孫子
внýчка	[陰] 孫女

晚輩
Млáдшее
поколéние

сестрá	[陰] 姐姐，妹妹
брат	[陽] 哥哥，弟弟
двою́родный брат	[陽] 表/堂兄弟
двою́родная сестрá	[陽] 表/堂姐妹

同輩
Однопоколéние

雙親 **Роди́тели**	оте́ц	[陽]	父親
	мать	[陰]	母親
	о́тчим	[陽]	繼父
	ма́чеха	[陰]	繼母
	па́па	[陽]	爸爸
	ма́ма	[陰]	媽媽

其他親戚長輩 **Ро́дственники** **ста́ршего** **поколе́ния**	дя́дя	[陽]	伯父，舅舅，姑丈，姨丈
	тётя	[陰]	姑姑，阿姨，嬸嬸，舅媽
	свёкор	[陽]	公公
	свекро́вь	[陰]	婆婆
	тесть	[陽]	岳父
	тёща	[陰]	岳母

夫妻 **Супру́ги**	муж	[陽]	丈夫
	жена́	[陰]	妻子
	супру́г	[陽]	丈夫（公文中）
	супру́га	[陰]	妻子（公文中）
	супру́ги	[複]	夫妻
	молодожёны	[複]	新婚夫婦
	жени́х	[陽]	未婚夫
	неве́ста	[陰]	未婚妻

картóшка	[陰] 馬鈴薯
моркóвь	[陰] 胡蘿蔔
свёкла	[陰] 甜菜
рéдька	[陰] 蘿蔔
редúс	[陽] 小蘿蔔
брю́ква	[陰] 蕪菁，甘藍
китáйский ямс	[陽] 山藥

根莖類
Корневúще

бéлый гриб	[陽] 白蘑菇
чёрный гриб	[陽] 木耳
бéлый древéсный гриб	[陽] 銀耳
шампиньóн	[陽] 香菇，傘菌
бéлый древéсный гриб	[陽] 白木耳
боровúк	[陽] 牛肝菌
лéтний трю́фель	[陽] 夏季黑松露
лисúчка	[陰] 雞油菇

蕈菇類
Гриб

常見蔬菜
Овощи

помидóр	[陽] 番茄
огурéц	[陽] 黃瓜
ты́ква	[陰] 南瓜
фасóль	[陰] 豆莢
кабачóк	[陽] 櫛瓜
пéрец	[陽] 胡椒
баклажáн	[陽] 茄子
горóх	[陽] 豌豆
восковáя ты́ква	[陰] 冬瓜
люфá	[陰] 絲瓜
слáдкий пéрец	[陽] 甜椒
чечевúца	[陰] 小扁豆

果菜類
Плод

莖菜類 Стébель	чеснóк	[陽]	蒜
	имбúрь	[陽]	薑
	сельдерéй	[陽]	洋芹菜
	петрýшка	[陰]	香菜
	рéпчатый лук	[陽]	洋蔥
	кóрень лóтоса		蓮藕
	бамбýковыйростóк	[陽]	竹筍
	молоды́е ростки́ цица́нии		茭白筍

葉菜類 Листвá	шпинáт	[陽]	菠菜
	водянóй шпинáт	[陽]	空心菜
	полевая капýста	[陰]	油菜
	души́стый лук	[陽]	韭菜
	кита́йская капýста	[陰]	大白菜
	салáт	[陽]	萵苣，生菜
	укрóп	[陽]	茴香
	зелёный лук	[陽]	嫩蔥，小蔥

花菜類 Цветóк	капýста	[陰]	白菜，高麗菜
	капýста кочáнная	[陰]	甘藍
	цветнáя капýста	[陰]	白花椰菜
	брóкколи	[陰，不變]	綠花椰菜

я́блоко	[中]	蘋果
мали́на	[陰]	覆盆子
пе́рсик	[陽]	桃子
боя́рышник	[陽]	山楂
личи́	[中]	荔枝
клубни́ка	[陰]	草莓
ви́шня	[陰]	櫻桃
грана́т	[陽]	石榴
питаха́я	[陰]	火龍果
тома́т черри́		聖女果（櫻桃番茄）
фи́ник	[陽]	棗子
шипо́вник	[陽]	薔薇果
воско́вник	[陽]	楊梅

紅色的
Кра́сные

常見水果
Фру́кты

коко́с	[陽]	椰子
крыжо́вник	[陽]	鵝莓，醋栗
инжи́р	[陽]	無花果

其他
Други́е

виногра́д	[陽]	葡萄
ежеви́ка	[陰]	黑莓
голуби́ка	[陰]	藍莓
сли́ва	[陰]	李子
шелкови́ца	[陰]	桑葚
мангоста́н	[陽]	山竹

紫黑色的
Фиоле́тово-
чёрные

黃色的
Жёлтые

бана́н	[陽]	香蕉
лимо́н	[陽]	檸檬
помпе́льмус	[陽]	柚子
ма́нго	[中]	芒果
анана́с	[陽]	鳳梨
гру́ша	[陰]	梨子
дюше́с	[陽]	鴨梨
ды́ня	[陰]	甜瓜
ло́нган	[陽]	龍眼
дуриа́н	[陽]	榴槤

橙色的
Ора́нжевые

мандари́н	[陽]	橘子
апельси́н	[陽]	甜橙
кумква́т	[陽]	金橘
хурма́	[陰]	柿子
локва́	[陰]	枇杷
абрико́с	[陽]	杏桃

綠色的
Зелёные

авока́до	[中]	酪梨
арбу́з	[陽]	西瓜
гуа́ва	[陰]	芭樂
оли́ва	[陰]	橄欖
лайм	[陽]	萊姆
фейхо́а	[陰，不變]	斐濟果
ки́ви	[陽，中]	奇異果

шокола́д	[陽]	巧克力
драже́	[中]	糖果球
зефи́р	[陽]	俄羅斯軟糖（澤菲爾軟糖）
караме́ль	[陰]	夾心糖（硬）；焦糖
мармела́д	[陽]	水果軟糖
халва́	[陰]	酥糖
мальто́за	[陰]	麥芽糖

糖果
Конфе́ты

零食
Ла́комства

цука́т	[陽]	蜜餞，果乾
изю́м	[陽]	葡萄乾
засаха́ренные фру́кты	[複]	水果乾
карто́шка фри	[複]	薯條
чи́псы	[複]	洋芋片
попко́рн	[陽]	爆米花

其他
Други́е

餅乾
Печéнья

бискви́т	[陽]	鬆脆（奶油）餅乾
вáфля	[陰]	鬆餅
пря́ник	[陽]	蜜餅
концентри́рованное печéнье	[中]	精緻餅乾
крéкер	[陽]	酥脆餅乾
минда́льное печéнье	[中]	杏仁餅

麵包
Хлеб

бато́н	[陽]	長形麵包
бу́лочка	[陰]	小圓麵包
суха́рь	[陽]	麵包乾
бутербро́д	[陽]	夾肉麵包
сáндвич	[陽]	三明治
торт	[陽]	大蛋糕
рулéт	[陽]	千層卷

堅果
Орéхи

арáхис	[陽]	花生
сéмечко	[中]	瓜子
фунду́к	[陽]	榛果
грéцкие орéхи	[複]	核桃
кéшью	[陽，不變]	腰果
ги́нко	[中]	銀杏，白果
кашта́н	[陽]	栗子
кедрóвый орéх	[陽]	松子

минера́льная вода́	[陰]	礦泉水
газиро́ванная вода́	[陰]	氣泡水
квас	[陽]	克瓦斯
лимона́д	[陽]	檸檬水
сок	[陽]	果汁
морс	[陽]	漿果汁
компо́т	[陽]	糖煮水果
кисе́ль	[陽]	水果凍
ко́ка-ко́ла	[陰]	可口可樂

軟性飲料
（無酒精飲料）
Безалкого́льные
напи́тки

各種飲料
Напи́тки

во́дка	[陰]	伏特加
вино́	[中]	葡萄酒
медову́ха	[陰]	蜂蜜酒
шампа́нское	[中]	香檳
ликёр	[陽]	甜酒（烈性）
ви́ски	[中]	威士忌
конья́к	[陽]	白蘭地
кокте́йль	[陽]	雞尾酒
пи́во	[中]	啤酒

酒精飲料
Спиртны́е
напи́тки

咖啡 **Ко́фе**		
чёрный ко́фе	[陽]	黑咖啡
ко́фе с молоко́м		牛奶咖啡
Ла́тте макиато	[陽]	拿鐵瑪奇朵
Капучи́но	[陽]	卡布奇諾

茶 **Чай**		
зелёный чай	[陽]	綠茶
цвето́чный чай	[陽]	花茶
чёрный чай	[陽]	紅茶
чай с хризанте́мой	[陽]	菊花茶
чай Уро́н	[陽]	烏龍茶
чай с лимо́ном	[陽]	檸檬茶
чай с молоко́м	[陽]	奶茶

乳製品與含 **乳飲料** **Моло́чные** **напи́тки**		
молоко́	[中]	牛奶
кефи́р	[陽]	克非爾，鹹優格
йо́гурт	[陽]	優酪乳，優格
сли́вки	[陽]	鮮奶油
творо́г	[陽]	奶渣
сыр	[陽]	起司，乳酪
моло́чный шейк	[陽]	奶昔

рожь	[陰]	裸麥，黑麥
пшени́ца	[陰]	小麥
овёс	[陽]	燕麥
гречи́ха	[陰]	蕎麥
кукуру́за	[陰]	玉米
рис	[陽]	稻米
чуми́за	[陰]	小米

穀物
Зерно́

美食料理
Гото́вить пи́шу

нож	[陽]	刀子
ви́лка	[陰]	叉子
ло́жка	[陰]	湯匙
таре́лка	[陰]	盤子
ча́шка	[陰]	茶杯
па́лочки	[複]	筷子
стака́н	[陽]	玻璃杯（沒有把手）
Бокал	[陽]	高腳玻璃酒杯（大）
рю́мка	[陰]	小玻璃酒杯

餐具
Столо́вая
посу́да

щи	[複]	蔬菜湯
соля́нка	[陰]	肉（或魚）雜拌湯
уха́	[陰]	魚湯
бульо́н	[陽]	葷湯（雞、肉熬製）
борщ	[陽]	羅宋湯
харчо́	[中，不變]	卡爾喬（牛羊肉湯）

湯
Суп

麵粉製品
Мучны́е изде́лия

блин	[陽]	布林餅
пиро́г	[陽]	餡餅（烤）
лапша́	[陰]	麵條
пельме́ни	[複]	餃子
бульо́н с пельме́нями	[陽]	餛飩湯
спаге́тти	[複，不變]	義大利麵

調味料
Припра́вы

соль	[陰]	鹽
ма́сло	[中]	油，奶油，黃油
расти́тельное ма́сло	[中]	植物油
са́ло	[中]	豬油（薩洛）
со́ус	[陽]	醬料
со́евый со́ус	[陽]	醬油
са́хар	[陽]	砂糖
у́ксус	[陽]	醋
ка́рри	[中]	咖哩
майоне́з	[陽]	沙拉醬，蛋黃醬，美乃滋
пря́ность	[陰]	香料，調味品

肉類
Мя́со

говя́дина	[陰]	牛肉
бара́нина	[陰]	羊肉
свини́на	[陰]	豬肉
ку́рица	[陰]	雞肉
филе́	[中]	里脊肉（剔骨肉）
ветчина́	[陰]	火腿
колбаса́	[陰]	臘腸（大）
соси́ска	[陰]	灌腸（小）
шашлы́к	[陽]	烤肉串

гардеро́б	[陽]	衣帽間
ве́шалка	[陰]	衣帽架
дива́н	[陽]	沙發（長）
кре́сло	[中]	扶手椅
ковёр	[陽]	地毯
телеви́зор	[陽]	電視
кондиционе́р	[陽]	冷氣機
лю́стра	[陰]	吊燈
обо́и	[複]	壁紙
што́ра	[陰]	窗簾（可捲起或拉開）

客廳
Гости́ная

居家住宅
Кварти́ра

бесе́дка	[陰]	涼亭
скаме́йка	[陰]	長椅
огоро́д	[陽]	果園
тропи́нка	[陰]	小徑
забо́р	[陽]	柵欄，圍牆

花園
Сад

стира́льная маши́на	[陰]	洗衣機
мо́йка	[陰]	水槽
унита́з	[陽]	抽水馬桶
душ	[陽]	淋浴
кран	[陽]	水龍頭

洗手間
Туале́т

буфе́т	[陽]	餐具櫃
серва́нт	[陽]	碗櫃
духо́вка	[陰]	烤箱
микроволно́вка	[陰]	微波爐
холоди́льник	[陽]	冰箱
пе́чка	[陰]	火爐
рисова́рка	[陰]	電鍋
сковорода́	[陰]	平底鍋
кастрю́ля	[陰]	鍋子（蒸，煮用）
лопа́тка	[陰]	鍋鏟
шумо́вка	[陰]	漏勺

廚房
Ку́хня

пи́сьменный стол	[陽]	書桌
стул	[陽]	椅子
насто́льная ла́мпа	[陰]	檯燈
шкаф	[陽]	櫃子，櫥櫃
кни́жная по́лка	[陰]	書架
компью́тер	[陽]	電腦

書房
Кабине́т

крова́ть	[陰]	床
ту́мбочка	[陰]	床頭櫃
матра́с	[陽]	床墊
одея́ло	[中]	被子
поду́шка	[陰]	枕頭
простыня́	[陰]	床單
торше́р	[陽]	落地燈

臥室
Спа́льня

3-11

насто́льный компью́тер	[陽]	桌上型電腦
ноутбу́к	[陽]	筆記型電腦
планше́т	[陽]	平板電腦
телефа́кс	[陽]	傳真機
при́нтер	[陽]	印表機
ска́ннер	[陽]	掃描器
электро́нный слова́рь	[陽]	電子辭典

數位產品
Цифрова́я те́хника

辦公室工作
Канцеля́рск
рабо́та

информа́ция	[陰]	資訊
сообще́ние	[中]	消息，通知
сеть	[陰]	網路
сайт	[陽]	網站
электро́нная по́чта	[陰]	電子郵件

網際網路
Интерне́т

кни́га	[陰]	書，書籍
журна́л	[陽]	雜誌
газе́та	[陰]	報紙
уче́бник	[陽]	教材，教科書
посо́бие	[中]	參考資料
тетра́дь	[陰]	筆記本

紙本用品
Бума́ги

電腦
Компью́тер

монито́р	[陽]	監視器，顯示器
дисплей	[陽]	顯示器
проце́ссор	[陽]	處理器
клавиату́ра	[陰]	鍵盤
манипуля́тор (мышь)	[陽]	滑鼠
дисково́д	[陽]	光碟機

文具
Пи́сьменные принадле́жности

пена́л	[陽]	鉛筆盒，筆袋
ру́чка	[陰]	鋼筆
ша́риковая авторучка	[陰]	原子筆
каранда́ш	[陽]	鉛筆
ла́стик	[陽]	橡皮擦
пи́счая кисть	[陰]	毛筆
черни́ла	[複]	墨水

輔助工具
Приспособле́ния

калькуля́тор	[陽]	計算機
лине́йка	[陰]	直尺
но́жницы	[複]	剪刀
клей	[陽]	膠水
скре́пка	[陰]	迴紋針
па́пка	[陰]	文件夾

12 人生階段

новорождённый	[陽]	新生兒
младе́нец	[陽]	嬰幼兒
роди́ться	[完]	出生
пелёнка	[陰]	襁褓（嬰兒包）

嬰幼兒時期
Младе́нчество

педаго́г	[陽]	教師
перево́дчик	[陽]	翻譯
госслу́жащий	[陽]	公務員
писа́тель	[陽]	作家
журнали́ст	[陽]	記者
милиционе́р	[陽]	警察

職業 2
Профе́ссия 2

人生階段
Жизнь
челове́ка

рабо́чий	[陽]	工人
крестья́нин	[陽]	農夫
би́знесмен	[陽]	商人
актёр	[陽]	演員
врач	[陽]	醫生
медсестра́	[陰]	護士
по́вар	[陽]	廚師
води́тель	[陽]	司機
касси́р	[陽]	收銀員
продаве́ц	[陽]	售貨員
официа́нт	[陽]	服務生

職業 1
Профе́ссия 1

學齡前
Дошко́льный во́зраст

де́тство	[中]	童年
ребёнок	[陽]	孩子，小孩
ма́льчик	[陽]	小男孩
де́вочка	[陰]	小女孩
де́тский сад	[陽]	幼稚園

青少年
Ю́ность

о́трочество	[中]	少年時代
ю́ность	[陰]	青少年時期
мо́лодость	[陰]	青年時代
ю́ноша	[陽]	少年，青年人
де́вушка	[陰]	女孩
молодёжь	[陰，集]	青年，年輕人
краса́вец	[陽]	美男子，帥哥
краса́вица	[陰]	美女

成年期
Зре́лый во́зраст

зре́лость	[陰]	成年，成熟
мужчи́на	[陽]	男人，男性
же́нщина	[陰]	女人，婦女
пожило́й челове́к	[陽]	年長的人
ста́рость	[陰]	老年
стари́к	[陽]	老人，老頭子
стару́ха	[陰]	老太太

婚姻狀況
Бра́чное состоя́ние

брак	[陽]	婚姻
жени́ться	[完，未]	結婚，娶妻（男）
вы́йти за́муж		結婚，出嫁（女）
разво́д	[陽]	離婚
жена́тый	[形]	已娶妻的
за́мужем	[副]	已出嫁
холосто́й	[形]	單身的（男）
вдова́	[陰]	寡婦
вдове́ц	[陽]	鰥夫

краси́вый	[形]	漂亮的
безобра́зный	[形]	醜陋的
высо́кий	[形]	高的
стро́йный	[形]	身材勻稱的
низкоро́слый	[形]	身材矮的
худо́й	[形]	瘦的
по́лный	[形]	豐滿的
широкопле́чий	[形]	寬肩膀的
большегла́зый	[形]	大眼睛的

身形外貌
Вне́шность

人物肖像
Портре́т

хо́лодно	[副]	覺得冷
жа́рко	[副]	覺得熱
жа́жда	[陰]	口渴
го́лод	[陽]	飢餓
хо́лод	[陽]	寒冷
боль	[陰]	疼痛

人體感受 2
Чу́вство 2

ра́дость	[陰]	高興，喜悅
ра́достно	[副]	高興地
восто́рг	[陽]	非常高興，非常興奮
прия́тно	[副]	愉快地，令人高興地
сча́стье	[中]	幸福
тепло́	[副]	暖和
прохла́дно	[副]	涼爽
ую́тно	[副]	舒適
удовлетворе́ние	[中]	滿足
симпа́тия	[陰]	好感
любо́вь	[陰]	愛意；愛好
обожа́ние	[中]	崇拜

人體感受 1
Чу́вство 1

身體動作
Телодвиже́ние

встава́ть	[未]	站起來，起床
ходи́ть	[未]	走，去
сади́ться	[未]	坐下
ложи́ться	[未]	躺下
сиде́ть	[未]	坐著
стоя́ть	[未]	站著
лежа́ть	[未]	躺著
есть	[未]	吃
пить	[未]	喝
говори́ть	[未]	說，說話

性情1
Хара́ктер 1

весёлый	[形]	愉快的，快活的
общи́тельный	[形]	平易近人的，愛交際的
му́жественный	[形]	英勇的，剛毅的
реши́тельный	[形]	堅定的，果斷的
нахо́дчивый	[形]	機智的，機靈的
волево́й	[形]	意志堅強的
скро́мный	[形]	謙虛的
до́брый	[形]	善良的

性情2
Хара́ктер 2

молчали́вый	[形]	不愛說話，沉默寡言
за́мкнутый	[形]	孤僻的
упря́мый	[形]	固執的，倔強的
равноду́шный	[形]	冷淡的，漠不關心的
скупо́й	[形]	吝嗇的，小氣的
лени́вый	[形]	懶惰的

рубáшка	[陰]	襯衫
пиджáк	[陽]	男式西裝，上衣或夾克
кýртка	[陽]	外套
пальтó	[中]	大衣
кóфта	[陰]	毛衣
жилéт	[陽]	背心，馬甲
футбóлка	[陰]	T恤
свúтер	[陽]	高領毛衣

上衣
Вéрхнее плáтье

очкú	[複]	眼鏡
накúдка	[陰]	披肩
гáлстук	[陽]	領帶
ремéнь	[陽]	皮帶，腰帶
перчáтки	[複]	手套（一雙）
серьгá	[陰]	耳環

配飾
Украшéния

服飾與配件
Одéжда и украшéния

сапогú	[複]	靴子
тýфли	[複]	鞋（一雙），高跟鞋
ботúнки	[複]	皮鞋
кроссóвки	[複]	運動鞋
шлёпанцы	[複]	拖鞋
тáпочки	[複]	便鞋，拖鞋
кéды	[複]	帆布鞋，球鞋
сандáлии	[複]	涼鞋
носкú	[複]	短襪
чулкú	[複]	長襪

鞋襪
Обувь

шáпка	[陰]	帽子（暖）
ушáнка	[陰]	護耳皮帽或棉帽
кéпка	[陰]	鴨舌帽
шляпа	[陰]	（帶沿的）帽子
платóк	[陽]	頭巾
шарф	[陽]	圍巾

頭飾
Головнóе украшéние

套裝
Комплéкт

бóди	[中，不變]	連身衣，女士緊身衣
халáт	[陽]	長罩衫，長袍
плащ	[陽]	風衣，雨衣
костю́м	[陽]	西裝（套），服裝（泛指）
плáтье	[中]	連身裙，洋裝
бики́ни	[中，不變]	比基尼
купáльник	[陽]	女式泳衣

下著
Ни́жнее плáтье

брю́ки	[複]	褲子
шóрты	[複]	短褲
джи́нсы	[複]	牛仔褲
ю́бка	[陰]	裙子

內衣
Бельё

ли́фчик	[陽]	胸衣，胸罩（兒童、婦女用）
бюстгáльтер	[陽]	胸罩
трусы́	[複]	內褲
мáйка	[陰]	汗衫，吊帶背心
колгóтки	[複]	褲襪
ночнáя рубáшка	[陰]	睡衣

лицо́	[中]	臉，面貌
глаз	[陽]	眼睛
нос	[陽]	鼻子
у́хо	[中]	耳朵
губа́	[陰]	嘴唇
зуб	[陽]	牙齒
язы́к	[陽]	舌頭
рот	[陽]	嘴，口腔
подборо́док	[陽]	下巴，下顎
во́лос	[陽]	頭髮（常用複數）
лоб	[陽]	額頭
бровь	[陰]	眉毛
щека́	[陰]	腮，臉頰

頭部
Голова́

身體部位
Ча́сти те́ла

ко́жа	[陰]	皮膚
дыха́ние	[中]	呼吸
пульс	[陽]	脈搏
кровь	[陰]	血液
кость	[陰]	骨頭

其他
Други́е

обоня́ние	[中]	嗅覺
слух	[陽]	聽覺
осяза́ние	[中]	觸覺
зре́ние	[中]	視覺
вкус	[陽]	味覺

五感
Чу́вства

軀幹
Торс

го́рло	[中]	喉嚨
ше́я	[陰]	脖子，頸
плечо́	[中]	肩膀
спина́	[陰]	背，脊背
грудь	[陰]	胸部，胸膛
поясни́ца	[陰]	腰部
живо́т	[陽]	腹部，肚子

內部器官
Вну́тренние о́рганы

се́рдце	[中]	心臟
пе́чень	[陰]	肝臟
желу́док	[陽]	胃
пищево́д	[陽]	食道
трахе́я	[陰]	氣管
лёгкое	[中]	肺
по́чка	[陰]	腎臟
аппе́ндикс	[陽]	闌尾，盲腸
кишка́	[陰]	腸子

四肢
Коне́чности

рука́	[陰]	手，胳膊
ладо́нь	[陰]	手掌
па́лец	[陽]	手指；腳趾
нога́	[陰]	腿，腳
бедро́	[中]	大腿，股
коле́но	[中]	膝蓋
го́лень	[陽]	小腿，脛

простýда	[陰]	感冒，風寒
нáсморк	[陽]	流鼻水
кáшель	[陽]	咳嗽
чихáние	[中]	打噴嚏
головокружéние	[中]	頭暈
температýра	[陰]	發燒；溫度
грипп	[陽]	流感

內科
Терапи́я

常見疾病
Заболевáн

слáбость	[陰]	無力
устáлость	[陰]	疲倦
головнáя боль	[陰]	頭痛
рвóта	[陰]	嘔吐
áстма	[陰]	氣喘
анорекси́я	[陰]	食欲不振

症狀
Симптóм

анги́на	[陰]	扁桃腺炎
энтери́т	[陽]	腹瀉，腸炎
гастри́т	[陽]	胃炎
гепати́т	[陽]	肝炎
масти́т	[陽]	乳腺炎
аппендици́т	[陽]	闌尾炎
артри́т	[陽]	關節炎
ги́нгивит	[陽]	牙齦炎
стомати́т	[陽]	口腔炎
пневмони́я	[陰]	肺炎

發炎
Воспалéние

外科
Хирургйя

перело́м	[陽]	骨折
пода́гра	[陰]	痛風
цара́пина	[陰]	抓（或劃）傷的痕跡；擦傷
о́пухоль	[陰]	腫塊，腫瘤
геморро́й	[陽]	痔瘡
кровотече́ние	[中]	出血
кровоподтёк	[陽]	淤血
синя́к	[陽]	瘀青

精神疾病
Психи́ческие болéзни

потеря́ть па́мять		失憶
бессо́нница	[陰]	失眠
волнова́ние	[中]	焦躁不安
не́рвность	[陰]	神經質
меланхо́лия	[陰]	憂鬱

慢性疾病
Хрони́ческие болéзни

ревмати́зм	[陽]	風濕病
гипертони́я	[陰]	高血壓
белокро́вие	[中]	白血病
серде́чно-сосу́дистые заболева́ния		心血管疾病
са́харный диабе́т		糖尿病
о́пухоль	[陰]	腫瘤
рак	[陽]	癌症

фильм	[陽]	電影，影片
биле́т	[陽]	票，入場券
кинотеа́тр	[陽]	電影院
экра́н	[陽]	螢幕
субтитр	[陽]	（電影）字幕
озву́чение	[中]	配音
киносту́дия	[陰]	電影製片廠
сюже́т	[陽]	情節；題材
актёр	[陽]	演員

電影院
Кино́

гора́	[陰]	山
лес	[陽]	森林
океа́н	[陽]	海洋
о́зеро	[中]	湖泊
о́стров	[陽]	島嶼，島
равни́на	[陰]	平原
пусты́ня	[陰]	沙漠
контине́нт	[陽]	大陸
доли́на	[陰]	山谷
плоского́рье	[中]	高原
боло́то	[中]	沼澤
обры́в	[陽]	懸崖
ре́чка	[陰]	小溪
уще́лье	[中]	峽谷
водопа́д	[陽]	瀑布

休閒生活
Развлече́ни

旅遊
Путеше́ствие

му́зыка	[陰]	音樂
поп-му́зыка	[陰]	流行樂
рок-му́зыка	[陰]	搖滾樂
эстра́да	[陰]	藝文表演
премье́ра	[陰]	首演，首映
гастро́ли	[複]	巡迴演出
аккомпанеме́нт	[陽]	伴奏
та́нец	[陽]	舞蹈

音樂會
Конце́рт

劇院
Театр

спектáкль	[陽]	戲劇演出
пьéса	[陰]	劇本；一場戲
óпера	[陰]	歌劇
оперéтта	[陰]	輕歌劇
балéт	[陽]	舞劇，芭蕾舞劇

博物館
Музéй

вы́ставка	[陰]	展覽會
искýсство	[中]	藝術
картúна	[陰]	（彩色）畫，圖畫
грáфика	[陰]	線條畫，素描作品
портрéт	[陽]	肖像畫
галерéя	[陰]	美術館，畫廊
архитектýра	[陰]	建築藝術
скульптýра	[陰]	雕塑藝術

百貨商場
Универмáг

магазúн	[陽]	商店
супермáркет	[陽]	超市
торгóвый центр	[陽]	購物中心
покýпка	[陰]	購買
товáр	[陽]	商品
ценá	[陰]	價格
платёж	[陽]	付款

Unit

18 學校教育

3-18

учи́тель	[陽]	老師
воспита́тель	[陽]	教師，（幼稚園）教師，保育員
ассисте́нт	[陽]	助教
преподава́тель	[陽]	大學教師
доце́нт	[陽]	副教授
профе́ссор	[陽]	教授
комменда́нт	[陽]	宿舍管理員，舍監
ре́ктор	[陽]	（大學）校長
дире́ктор	[陽]	（中學）校長，學院院長
дека́н	[陽]	系主任

教職人員
Преподава́тели и слу́жащие

學校教育
Образова́ние

доска́	[陰]	黑板
мел	[陽]	粉筆
ука́зка	[陰]	教鞭，指示棒
прое́ктор	[陽]	投影機

教學用具
Уче́бные пособия

англи́йский язы́к	[陽]	英語
ру́сский язы́к	[陽]	俄語
матема́тика	[陰]	數學
фи́зика	[陰]	物理
хи́мия	[陰]	化學
филоло́гия	[陰]	語文

學科
Дисципли́на

шко́льник	[陽]	小學生，中學生
учени́к	[陽]	學生
студе́нт	[陽]	大學生
аспира́нт	[陽]	研究生
маги́стр	[陽]	碩士
кандида́т нау́к	[陽]	副博士
до́ктор	[陽]	博士
стажёр	[陽]	進修生
однопа́ртник	[陽]	同桌
сосе́д по ко́мнате	[陽]	室友

學生
Уча́щиеся

де́тский сад	[陽]	幼兒園，幼稚園
шко́ла	[陰]	中學，中小學
те́хникум	[陽]	中等技術學校
университе́т	[陽]	大學
институ́т	[陽]	學院
акаде́мия	[陰]	研究所，學院

教育機構
Образова́тельные учрежде́ния

уче́бный ко́рпус	[陽]	教學大樓
администрати́вный ко́рпус	[陽]	行政大樓
библиоте́ка	[陰]	圖書館
общежи́тие	[中]	宿舍
спортза́л	[陽]	體育館
стадио́н	[陽]	體育場

學校設施
Инфраструкту́ра образова́ния

банкома́т	[陽]	自動提款機
валю́та	[陰]	貨幣，外匯
обме́н валю́ты		換外幣
перево́д де́нег		匯款
нали́чные де́ньги		現金
откры́ть счёт		開戶
закры́ть счёт		銷戶
трансфе́р	[陽]	轉帳

銀行
Банк

公共場所
Публи́чные
места́

чита́тельский биле́т	[陽]	借閱證
чита́льный зал	[陽]	閱覽室
кни́жная по́лка	[陰]	書架，隔板
библиоте́карь	[陽]	圖書管理員
кни́га	[陰]	書籍
рома́н	[陽]	長篇小說

圖書館
Библиоте́ка

оте́ль	[陽]	飯店
апарт-оте́ль	[陽]	公寓式酒店
ресе́пшн	[陽]	前台
останови́ться	[完]	入住
регистра́ция	[陰]	登記，註冊
но́мер	[陽]	客房（號）

旅館
Гости́ница

医院
Больни́ца

поликли́ника	[陰]	診所
спецго́спиталь	[陽]	專科醫院
роддо́м	[陽]	婦產醫院
регистрату́ра	[陰]	掛號處
медсестра́	[陰]	護士
до́ктор	[陽]	醫生
пацие́нт	[陽]	病人
пала́та	[陰]	病房
лече́бный кабине́т	[陽]	診間

社區
Микрорайо́н

косме́тика	[陰]	美容，化妝品
сало́н красоты́		美容院
масса́ж	[陽]	按摩，推拿
каче́ли	[複]	鞦韆
фи́тнес клуб		健身房
чита́льня	[陰]	圖書閱覽室
клуб	[陽]	俱樂部

郵局
По́чта

почто́вый и́ндекс	[陽]	郵遞區號
письмо́	[中]	書信，信件
ма́рка	[陰]	郵票，印花
конве́рт	[陽]	信封
ште́мпель	[陽]	印章，郵戳
посы́лка	[陰]	包裹

Unit
20 交通運輸

3-20

автомоби́ль	[陽]	汽車
авто́бус	[陽]	公車
тролле́йбус	[陽]	無軌電車
такси́	[中，不變]	計程車
ско́рая по́мощь	[陰]	救護車
пожа́рная	[陰]	消防車
тро́йка	[陰]	三套（馬）車
джип	[陽]	吉普車

公路交通工具
Сре́дства
шоссе́йного
тра́нспорта

交通運輸
Тра́нспорт

парохо́д	[陽]	輪船，蒸汽船
ло́дка	[陰]	小船；艇
ка́тер	[陽]	快艇，汽艇
я́хта	[陰]	遊艇，快艇，帆艇
кора́бль	[陽]	海船
мая́к	[陽]	燈塔

水上運輸
Во́дный
тра́нспорт

самолёт	[陽]	飛機
вертолёт	[陽]	直昇機
аэропо́рт	[陽]	機場，航空站
взлёт	[陽]	起飛
поса́дка	[陰]	降落
посадочный талон	[陽]	登機證

航空運輸
Возду́шный
тра́нспорт

道路及設施
Доро́га и инфраструкту́ра

дopóга	[陰]	路，道路
проспе́кт	[陽]	大馬路，大街
у́лица	[陰]	街，街道
шоссе́	[中，不變]	公路，馬路
спецполоса́	[陰]	專用道
развя́зка	[陰]	交流道
мост	[陽]	橋，橋樑
тротуа́р	[陽]	人行道
перехо́д	[陽]	通道，走廊，人行穿越道
перекрёсток	[陽]	十字路口
стоя́нка	[陰]	停車場，停泊處
остано́вка	[陰]	（市內客運）車站

交通法規
Пра́вила доро́жного движе́ния

светофо́р	[陽]	紅綠燈
напра́во	[副]	向右
нале́во	[副]	向左
поворо́т	[陽]	轉彎處
запре́т	[陽]	禁止
сигна́л	[陽]	信號
разме́тка	[陰]	標記，記號
ве́ха	[陰]	航標，路標
стрела́	[陰]	箭，箭頭

鐵路交通
Железнодоро́жный тра́нспорт

метро́	[中，不變]	地鐵
моноре́льс	[陽]	單軌列車
по́езд	[陽]	火車，列車
электри́чка	[陰]	電車，電氣列車
трамва́й	[陽]	有軌電車
ваго́н	[陽]	車廂

3-21

футбо́л	[陽]	足球（運動項目）
стадио́н	[陽]	大型運動場
волейбо́л	[陽]	排球（運動項目）
баскетбо́л	[陽]	籃球（運動項目）
гандбо́л	[陽]	手球（運動項目）

球類運動
Спорт с мячо́м

體育運動
Спорт

спорти́вная гимна́стика	[陰]	體操
велоспо́рт	[陽]	自行車運動
ко́нный спо́рт	[陽]	馬術運動
стрельба́	[陰]	射擊
фехтова́ние	[中]	擊劍

其他
Други́е

лы́жный спорт	[陽]	滑雪運動
ката́ние на лы́жах		滑雪
лы́жи беговы́е		滑雪板
лы́жная па́лка		滑雪杖
лы́жня	[陰]	滑雪道
па́русный спорт на льду́		冰帆運動

冬季運動
Зи́мний спорт

176

田徑
Лёгкая атлéтика

ядрó	[中]	鉛球
метáние мóлота		鏈球
диск	[陽]	鐵餅
метáние копья́		擲標槍
прыжóк в высотý		跳高
прыжóк в длинý		跳遠
марафóн	[陽]	馬拉松
бег на сто мéтров		100米跑

重競技運動
Тяжёлая атлéтика

спорти́вная штáнга	[陰]	舉重
дзюдó	[中]	柔道
бокс	[陽]	拳擊
борьбá	[陰]	摔角
тхэквондо	[中]	跆拳道

水上運動
Вóдный спорт

плáвание	[中]	游泳
бассéйн	[陽]	游泳池
раздевáлка	[陰]	更衣室
сёрфинг	[陽]	衝浪
грéбля	[陰]	划船運動
вóдное пóло	[中]	水球
баттерфля́й	[陽]	蝶泳
брасс	[陽]	蛙泳
плáвание на спинé		仰泳

健身
Укреплéние здорóвья

спортзáл	[陽]	健身房
бодиби́лдинг	[陽]	健身，健美
разми́нка	[陰]	熱身，準備活動
подтя́гивание	[中]	引體向上
турни́к	[陽]	單槓
параллéльные брýсья		雙槓

воробе́й [陽] 麻雀
воро́на [陰] 烏鴉
ла́сточка [陰] 燕子
орёл [陽] 鷹
попуга́й [陽] 鸚鵡
ча́йка [陰] 海鷗
жура́вль [陽] 鶴
ле́бедь [陽] 天鵝
солове́й [陽] 夜鶯
сова́ [陰] 貓頭鷹
соро́ка [陰] 喜鵲
го́лубь [陽] 鴿子

鳥類
Перна́тые

動物世界
Живо́тный
мир

ба́бочка [陰] 蝴蝶
пчела́ [陰] 蜜蜂
стрекоза́ [陰] 蜻蜓
кома́р [陽] 蚊子
му́ха [陰] 蒼蠅
жук [陽] 甲蟲

昆蟲
Насеко́мые

кот [陽] 貓
кро́лик [陽] 兔子
соба́ка [陰] 狗
золота́я ры́бка [陰] 金魚
хомя́к [陽] 倉鼠

寵物
Ко́мнатные
живо́тные

家禽
Дома́шняя пти́ца

пету́х	[陽]	公雞
ку́рица	[陰]	母雞
у́тка	[陰]	鴨子
гусь	[陽]	鵝

魚類
Ры́бы

ры́ба	[陰]	魚
лосо́сь	[陽]	鮭魚
толстоло́бик	[陽]	鰱魚
кара́сь	[陽]	鯽魚
щу́ка	[陰]	狗魚
бёрш	[陽]	梭鱸
карп	[陽]	鯉魚
минта́й	[陽]	狹鱈
треска́	[陰]	鱈魚

兩棲及爬蟲動物
Земново́дные пресмыка́ющиеся

черепа́ха	[陰]	烏龜
морска́я черепа́ха	[陰]	海龜
гекко́н	[陽]	壁虎
я́щерица	[陰]	蜥蜴
змея́	[陰]	蛇
лягу́шка	[陰]	青蛙

哺乳類
Млекопита́ющие

тигр	[陽]	老虎
лев	[陽]	獅子
медве́дь	[陽]	棕熊，熊
волк	[陽]	狼，豺狼
слон	[陽]	大象
па́нда	[陰]	熊貓
лиса́	[陰]	狐狸
конь	[陽]	馬，公馬
ло́шадь	[陰]	馬，馬匹
коро́ва	[陰]	乳牛，母牛

3-23

ко́рень	[陽]	根
плод	[陽]	果實
зерно́	[中]	種子
ствол	[陽]	樹幹
ве́тка	[陰]	樹枝
лист	[陽]	葉子
буто́н	[陽]	花苞
пыльца́	[陰]	花粉
тычи́нка	[陰]	花蕊
лепесто́к	[陽]	花瓣
хлорофи́лл	[陽]	葉綠素
кле́тка	[陰]	細胞
ткань	[陰]	組織
сте́бель	[陽]	莖，稈

植物學
Бота́ника

植物
Расте́ние

то́поль	[陽]	楊樹，白楊
и́ва	[陰]	柳樹
берёза	[陰]	白樺樹
ель	[陰]	雲杉
ли́па	[陰]	椴樹
черёмуха	[陰]	稠李樹

樹木
Дере́вья

камы́ш	[陽]	蘆葦
тысячели́стник	[陽]	千葉蓍，洋蓍草
мимо́за стыдли́вая	[陰]	含羞草
непе́нтес	[陽]	豬籠草
десмоди́ум	[陽]	金錢草
самши́т	[陽]	黃楊

草本植物
Тра́вы

培育
Выра́щивание

удобре́ние	[中]	肥料
разводи́ть	[未]	繁育，繁殖
сажа́ть	[未]	栽，種
ухо́д	[陽]	養護，護理
вноси́ть удобре́ние		施肥
ороша́ть	[未]	灌溉

花卉類 1
Цветы́ 1

гвозди́ка	[陰]	康乃馨
ро́за	[陰]	薔薇，玫瑰
нарци́сс	[陽]	水仙花
фиа́лка	[陰]	紫羅蘭
ло́тос	[陽]	荷花，蓮花
хризанте́ма	[陰]	菊花
жасми́н	[陽]	茉莉花
пио́н	[陽]	牡丹

花卉類 2
Цветы́ 2

подсо́лнечник	[陽]	向日葵
рома́шка	[陰]	洋甘菊
лава́нда	[陰]	薰衣草
незабу́дка	[陰]	勿忘我
сире́нь	[陰]	紫丁香
одува́нчик	[陽]	蒲公英
ли́лия	[陰]	百合花

24 物體與材料

стекло́	[中]	玻璃
алма́з	[陽]	金剛石
ка́мень	[陽]	岩石
де́рево	[中]	木材
пластма́сса	[陰]	塑膠
рези́на	[陰]	橡膠
огнеупо́ры	[複]	耐火材料
бето́н	[陽]	混凝土
мета́лл	[陽]	金屬
сплав	[陽]	合金
чёрный мета́лл	[陰]	黑色金屬

物質性
Материа́льность

物體與材料
Предме́т и материа́л

прямоуго́льник	[陽]	長方形
квадра́т	[陽]	正方形
круг	[陽]	圓形
э́ллипс	[陽]	橢圓形
треуго́льник	[陽]	三角形
шар	[陽]	球體
се́ктор	[陽]	扇形
цили́ндр	[陽]	圓柱體
дуга́	[陽]	弧形
куб	[陽]	立方體

形狀
Фо́рма

тяжёлый	[形]	重的，沉重的
лёгкий	[形]	輕的，輕巧的
огро́мный	[形]	巨大的
мя́гкий	[形]	軟的，柔軟的
твёрдый	[形]	硬的，堅硬的
про́чный	[形]	結實的，堅固的
хру́пкий	[形]	易碎的，脆弱的
пло́тный	[形]	密封的，密實的
ры́хлый	[形]	疏鬆的，鬆散的

特質
Характери́стика

度量衡
Ме́ра

длина́	[陰]	長度
широта́	[陰]	寬度
высота́	[陰]	高度
глубина́	[陰]	深度
вес	[陽]	重量
пло́щадь	[陰]	面積
объём	[陽]	體積，容量

單位
Едини́ца

киломе́тр	[陽]	公里
метр	[陽]	公尺
дециме́тр	[陽]	公寸
сантиме́тр	[陽]	公分
миллиме́тр	[陽]	公釐，毫米
квадра́тный метр	[陽]	平方公尺
литр	[陽]	公升
килогра́мм	[陽]	公斤
грамм	[陽]	公克

ро́зовый	[形]	玫瑰紅色的，粉紅色的
бордо́вый	[形]	暗紅色的
пе́рсиковый	[形]	桃紅色的
вишнёвый	[形]	櫻桃色的，深紅色的

紅色
Кра́сный

顏色
Цвет

сму́тный	[形]	模糊的
пёстрый	[形]	五彩繽紛的
тёмный	[形]	暗沉的，深色的
све́тлый	[形]	淺色的，淡的
я́ркий	[形]	鮮豔的
одноцве́тный	[形]	單色的
разноцве́тный	[形]	各種顏色的
цветно́й	[形]	有色的，帶色的
прозра́чный	[形]	透明的，無色的
линя́лый	[形]	褪色的

描述
Описа́ние

белосне́жный	[形]	雪白的
моло́чный	[形]	乳白色的
седо́й	[形]	頭髮斑白的
се́рый	[形]	灰色的
чёрно-бе́лый	[形]	黑白的

黑與白
Чёрный и
бе́лый

黃色
Жёлтый

ора́нжевый	[形]	橙色的
лимо́нный	[形]	淺黃色的，檸檬色的
апельси́новый	[形]	橘黃色的
золото́й	[形]	金色的
кашта́новый	[形]	栗色的
янта́рный	[形]	琥珀色的
ка́рий	[形]	（指人的眼珠、馬的毛色） 深褐色的，栗色的
кори́чневый	[形]	褐色的，咖啡色的

藍色
Си́ний

синева́тый	[形]	淺藍色的
голубо́й	[形]	淡藍色的，天藍色的
фиоле́товый	[形]	紫色的
сире́невый	[形]	淺紫色的
лило́вый	[形]	淡紫色的

綠色
Зелёный

све́тло-зелёный	[形]	淺綠的
тёмно-зелёный	[形]	深綠的
изумру́дный	[形]	碧綠的
бирюзо́вый	[形]	綠松色的
оли́вковый	[形]	橄欖綠的

3-26

Росси́я	[陰]	俄羅斯
Украи́на	[陰]	烏克蘭
А́нглия	[陰]	英國
Герма́ния	[陰]	德國
Ита́лия	[陰]	義大利
Фра́нция	[陰]	法國
Испа́ния	[陰]	西班牙
Швейца́рия	[陰]	瑞士

歐洲
Евро́па

國家與地區
Стра́ны и
регио́ны

Еги́пет	[陽]	埃及
Суда́н	[陽]	蘇丹
Южная Африка	[陰]	南非
Эфио́пия	[陰]	衣索比亞
Ли́вия	[陰]	利比亞
Ке́ния	[陰]	肯亞
Ниге́рия	[陰]	奈及利亞

非洲
Африка

Австра́лия	[陰]	澳大利亞
Но́вая Зела́ндия	[陰]	紐西蘭
Фи́джи	[陽，不變]	斐濟
Соломо́новые Острова́	[複]	所羅門群島

大洋洲
Океа́ния

Тайвань	[陽]	臺灣
Кита́й	[陽]	中國
Монго́лия	[陰]	蒙古
Япо́ния	[陰]	日本
Южная Коре́я	[陰]	韓國（南韓）
Таила́нд	[陽]	泰國
Индия	[陰]	印度
Сингапу́р	[陽]	新加坡
Вьетна́м	[陽]	越南
Казахста́н	[陽]	哈薩克
Ту́рция	[陰]	土耳其

亞洲
Азия

Соединённые Шта́ты Аме́рики (США)		美國
Кана́да	[陰]	加拿大
Ме́ксика	[陰]	墨西哥
Ку́ба	[陰]	古巴
Пана́ма	[陰]	巴拿馬

北美洲
Се́верная Аме́рика

Брази́лия	[陰]	巴西
Аргенти́на	[陰]	阿根廷
Чили́	[中，不變]	智利
Перу́	[中，不變]	秘魯
Венесуэ́ла	[陰]	委內瑞拉
Колу́мбия	[陰]	哥倫比亞

南美洲
Южная Аме́рика

3-27

Москва́	[陰]	莫斯科
Санкт-Петербу́рг	[陽]	聖彼德堡
золото́е кольцо́		金環（莫斯科周邊旅遊城市）
Му́рманск	[陽]	莫曼斯克
Калинингра́д	[陽]	加里寧格勒
Каза́нь	[陽]	喀山
Со́чи	[陽]	索契
Екатеринбу́рг	[陽]	葉卡捷琳堡

城市
Го́род

環遊俄羅斯
Путеше́стви
по Росси́и

матрёшка	[陰]	俄羅斯娃娃
самова́р	[陽]	茶炊
янта́рь	[陽]	琥珀
ру́сское зо́лото	[中]	紫金
шокола́д	[陽]	巧克力
плато́к	[陽]	方巾，頭巾

紀念品
Сувени́р

чёрный хлеб	[陽]	黑麵包（黑麥麵包）
борщ	[陽]	羅宋湯
икра́	[陰]	魚子，魚子醬
чёрная икра́	[陰]	黑魚子
блин	[陽]	布林餅，薄餅
пиро́г	[陽]	（烤的大）肉餡餅

傳統美食
Деликате́с

景觀
Пейзаж

Во́лга	[陰]	窩瓦河
Байка́л	[陽]	貝加爾湖
поля́рное сия́ние	[中]	極光
Ура́л	[陽]	烏拉山脈
Ку́рская коса́	[陰]	庫爾斯沙嘴
Де́вственные леса́ Коми		科米原始森林

名勝古蹟
Достопримеча́тельность

Кремль	[陽]	克里姆林宮
Кра́сная пло́щадь	[陰]	紅場
Новодеви́чий монасты́рь	[陽]	新聖女修道院
Арба́т	[陽]	阿巴特大街
Зи́мний дворе́ц	[陽]	冬宮
Петродворе́ц	[陽]	彼得宮，夏宮
Ца́рское село́	[中]	沙皇村
Дворе́ц Екатери́ны	[陽]	葉卡捷琳娜宮

藝術
Иску́сство

бале́т	[陽]	芭蕾舞
му́зыка	[陰]	音樂
о́пера	[陰]	歌劇
цирк	[陽]	馬戲團
литерату́ра	[陰]	文學
жи́вопись	[陰]	繪畫

4

會話課
日常短句與情境會話

Unit

01 介紹認識

4-01

Step 1 最常用的場景單句

1. Здра́вствуйте! 您 / 你們好！

* 俄羅斯人見面時最常用的問候語，任何時候都可以用，不受時間和場合的限制。親朋好友之間用 Здра́вствуй! 你好！

2. Приве́т! 你好！

(同) Приве́тик! 你好！

* 熟人或朋友間見面時的常用語，年輕人用得較多。

3. Здоро́во! 你好！

(同) Здра́вствуй! 你好！

* 男人之間見面時的常用俗語。

---

4. Дава́йте познако́мимся.
我們認識一下吧。

(同) Бу́дем знако́мы. 我們來認識一下。

5. Хочу́ познако́мить вас с на́шим дире́ктором.
我想介紹您和我們經理認識。

(同) Разреши́те вас познако́мить с на́шим дире́ктором.
請允許我向您介紹我們的經理。

Позво́льте предста́вить вам на́шего дире́ктора.
請允許我向您介紹我們的經理。

* 介紹他人相互認識時的常用句型（знако́мить кого́ с кем / предста́вить кому́ кого́）。介紹時，按照禮儀，一般先把男生介紹給女生，並且由男生先自報姓名。

6. Как вас зову́т?
您叫什麼名字？

(答) Меня́ зову́т Влади́мир Ива́нович. 我叫弗拉基米爾‧伊凡諾維奇。

Моя́ фами́лия —Ивано́в. 我姓伊凡諾夫。

Моё и́мя —Влади́мир. 我的名字是弗拉基米爾。

(擴) Как ва́ша фами́лия? 您貴姓？

Как ва́ше и́мя? 您的名字是？

7. Очень прия́тно с ва́ми познако́миться.
很高興認識您。

(同) Рад с ва́ми познако́миться. 很高興認識您。

8. Я вас где́-то ви́дел.
我好像在哪裡見過您。

(同) Ка́жется, мы знако́мы. 我們似曾相識。

Мно́го о вас слы́шала. 久聞您的大名。

* 相識場景中常用的套話，可以較快地拉近彼此之間的關係。

9. Отку́да вы?
您從哪裡來？／您是哪裡人？

(答) Я прие́хала из Кита́я. 我來自中國。

Я ру́сская. 我是俄羅斯人。

俄羅斯	Росси́я	中國	Кита́й
俄羅斯人（陽性）	**ру́сский** 或 **россия́нин**	中國人（陽性）	**кита́ец**
俄羅斯人（陰性）	**ру́сская** 或 **россия́нка**	中國人（陰性）	**китая́нка**
俄羅斯人（複數）	**ру́сские, россия́не**	中國人（複數）	**кита́йцы**

10. Вот моя́ визи́тка.
這是我的名片。

▶ **Диало́г 1**　**Знако́миться друг с дру́гом**

Ли Дун:　　Здра́вствуйте!

Андре́й:　　Здра́вствуйте!

Ли Дун:　　Меня́ зову́т Ли Дун. Как вас зову́т?

Андре́й:　　Андре́й. Прия́тно с Ва́ми познако́миться.

Ли Дун:　　Мне то́же прия́тно. Андре́й, мно́го о вас слы́шал.

Андре́й:　　Спаси́бо. Жена́ то́же ча́сто говори́ла о вас.

> 無人稱句中主體用第三格。

> о ком-чём: 和～有關

▶ **對話 1　互相認識**

李東：　　您好！

安德烈：您好！

李東：　　我叫李東。您怎麼稱呼？

安德烈：安德烈。很高興認識您。

李東：　　我也很高興。安德烈，久仰您的大名。

安德烈：謝謝，我的妻子也常常提到您。

文法說明

動詞 звать 要求 кого́ кем，如：Меня́ зову́т Воло́дей. 但在口語中人名常用第一格，以免引起歧義，如對話中：Как вас зову́т? Меня́ зову́т Ли Дун. Меня́ зову́т Влади́мир Ива́нович. 其中李東和弗拉基米爾・伊凡諾維奇都沒有變格。

對話中包含 звать 的句子為不定人稱句，也就是動作有主體但不明確，動詞用複數第三人稱 они́ 的形式。

▶ **Диалог 2　Познакóмить дрýга с дрýгом**

Андрéй: Здрáвствуй, Волóдя! Хочý познакóмить тебя́ с мои́м
дрýгом. Это Ли Дун.

Волóдя: Здрáвствуйте, Ли Дун. Меня́ зовýт Влади́мир Ивáнович,
мóжно прóсто Волóдя. Вот моя́ визи́тка.

Ли Дун: Очень рад с Вáми познакóмиться. Ивáнов — э́то Вáша
фами́лия?

Волóдя: Да. Прия́тно с вáми познакóмиться. Вы китáец?

Ли Дун: Да. Я приéхал из Пеки́на.　　из чего（國家，城市）：來自～

Андрéй: Ужин ужé готóв , прошý к столý!

　　　　　　　　　　　　　　　　　　　　形容詞短尾當作謂語

▶ **對話 2　介紹朋友認識**

安德烈：你好，瓦洛佳！想讓你和我的朋友認識一下。這是李東。

瓦洛佳：您好，李東！我叫弗拉基米爾・伊凡諾維奇，可以直接叫我瓦
洛佳。這是我的名片。

李東：　很高興認識您。伊凡諾夫是您的姓嗎？

瓦洛佳：是的。我也很高興認識您。您是中國人嗎？

李東：　是的，我從北京來。

安德烈：晚餐準備好了，請入座吧！

文化連結

俄羅斯的人名由三個部分組成：名字、父稱和姓氏。例如：Влади́мир
Ивáнович Ивáнов 弗拉基米爾・伊凡諾維奇・伊凡諾夫，其中 Влади́мир
是名字，Ивáнович 是父稱（他的父親名叫 Ивáн），Ивáнов 是姓氏。姓名的
全稱一般用在人物介紹或證件中；正式場合中，出於禮貌和尊敬，會稱呼對方
的名字和父稱；彼此關係較為密切時，通常只稱呼名字或小名。姓鮮少單獨使
用，通常是在須表身份的名詞之後，帶有官方、正式的意思。

Unit
02 問候寒暄

最常用的場景單句

1. Дóброе ýтро! 早安！

擴 Дóбрый день! 午安！　　Дóбрый вéчер! 晚安！

Дóброй нóчи! 晚安！（午夜 12 點到清晨 6 時）

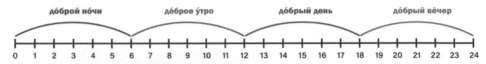

2. Давнó вас (тебя) не вúдел.
好久沒見到您（你）了。

同 Давнó мы не вúделись! 我們很久沒見面了。

Скóлько лет, скóлько зим! 太久沒見你了！（一日不見，如隔三秋。）

Какúми судьбáми! 什麼風把您吹來了！Когó я вúжу! 我看見誰了啊！

3. Как делá? 最近好嗎？

同 Как жúзнь? 您生活如何呢？　　答 Всё в порядке. 一切正常。

Как поживáете? 過得怎麼樣？　　　　Всё нормáльно (хорошó). 都很好。

4. Как вы себя чýвствуйте?
您身體好嗎？

答 Благодарю вас, прекрáсно. 謝謝您，很好！

5. Рад тебя вúдеть. 很高興見到你。

同 Приятная встрéча! 見面真讓人開心！

Рад вáшему прихóду. 很高興您的到來。

6. Спаси́бо, что вы нас не забы́ли.
謝謝您，沒把我們忘了。

(同) Очень ра́да, что вы нас по́мните. 很高興您能記得我們。

7. Был рад с ва́ми пообща́ться.
和您交談很愉快。

(擴) Очень прия́тно бы́ло провести́ с ва́ми ве́чер.
很高興和您一起度過了愉快的夜晚。

* прия́тно 用作無人稱謂語，過去時句中加 бы́ло，將來時加 бу́дет。

8. Извини́ (те)! 對不起！

(同) Прости́те! 請您原諒！

* 謙辭，用作插入語來表示歉意。對陌生人有事相求時也常用，意思為
「不好意思」，如：Извиня́юсь, да́й(те) пройти́. 不好意思，讓我過一
下。Извини́те, вы не ска́жете, кото́рый час? 不好意思，請問幾點了？

9. Мне пора́ домо́й! 我該回家了！

(擴) Пора́ идти́! 該走了！　Нам пора́ на обе́д! 我們該去吃午餐了。

* 句中的 пора́ 當作謂語使用，意思同 вре́мя，表示「到～時候了，該
做～」，主體用第三格，動詞用未完成體不定式，也可搭配表示 куда́
（往哪裡，去幹嘛）的副詞或前置詞詞組。

10. До свида́ния! 再見！

(同) Пока́! 回頭見！（一般表示短暫離開，稍後會再見面）掰掰！
До встре́чи! 下次見！　До свя́зи! 再聯繫吧！
Проща́й (те)! 再見！（一般指許久或永遠不會再見）永別了！

* 道別是交際禮儀中重要的一環。俄羅斯人最常用的是 До свида́ния! 再
見，也可以是美好的祝願，如：Всего́ хоро́шего! 一切順利！

▶ **Диалог 1   Встре́ча ста́рых друзе́й**

Воло́дя: Приве́т, Андре́й!

Андре́й: Воло́дя? Здоро́во! Давно́ тебя́ не ви́дел. Как дела́?

Воло́дя: Ничего́. Всё в поря́дке. А как у тебя́?

Андре́й: Спаси́бо, норма́льно.

Воло́дя: Рад тебя́ ви́деть. Извини́, я спешу́ на заня́тия.

Андре́й: Окей, мне то́же пора́ домо́й. Пока́!

Воло́дя: До свида́ния!

> спеши́ть на что 或者 с чем 或者 + 動詞不定式，表示「急於做～」

▶ **對話 1   老朋友相遇**

瓦洛佳：你好，安德烈！

安德烈：瓦洛佳？你好啊！好久不見，過得怎麼樣？

瓦洛佳：還不錯，一切順利。你呢？

安德烈：謝謝，還行。

瓦洛佳：很高興見到你。不好意思，我趕著去上課了。

安德烈：好吧，我也該回家了。回頭見！

瓦洛佳：再見！

文法說明

рад 為形容詞短尾形式，在句中當作謂語，可與動詞不定式或名詞第三格連用，意為「高興做～」或者「為～而高興」。陽性為 рад，陰性為 ра́да，複數為 ра́ды。句中可以用 быть 的過去時和將來時的人稱形式表示時態。

例如：Я о́чень рад вас ви́деть. 我很高興見到您。

Она́ была́ ра́да ва́шему прихо́ду. 她當時為您的到來感到高興。

Роди́тели бу́дут ра́ды с ва́ми познако́миться.

爸媽會很高興跟您認識。

▶ **Диалог 2** Встре́ча ста́рых колле́г

Анна: До́брое у́тро, Андре́й Петро́вич!

Андре́й: Анна Ива́новна, здра́вствуйте!

Анна: Ра́да вас ви́деть. Как у вас дела́ на рабо́те? Говоря́т, вас перевели́ в но́вый отде́л.

Андре́й: Да. Пока́ всё идёт хорошо́. А как вы пожива́ете?

Анна: Спаси́бо, то́же хорошо́. Переда́йте приве́т жене́.

Андре́й: Спаси́бо, вы та́кже.

> 插入語，表示説話內容來源。

> 動詞第二人稱命令式形式，後面一般接 кому́ что。

▶ **對話 2** 老同事相遇

安娜： 早上好，安德烈・彼得洛維奇！

安德烈：安娜・伊凡諾芙娜，您好！

安娜： 很高興見到您！您現在工作怎麼樣？聽説您調到了新的部門。

安德烈：是的，目前一切進展順利。您呢？生活怎麼樣？

安娜： 謝謝，都好。替我向您的太太問好。

安德烈：謝謝，也替我向您家裡的人問好。

文化連結

俄羅斯交際禮儀中，人們相遇時，簡單的打招呼之後都會禮貌地寒暄一番。俄羅斯人不會問「吃飯了嗎？」而是會問「近來可好？」或「身體（生活、工作、心情）如何？」

在稱呼 вы（您）或 ты（你）的選擇上俄羅斯人有嚴格的界線：「您」表示尊敬和禮貌，用來稱呼長輩、上級、同級但關係不太密切的人，書寫時首字母大寫；「你」表示親熱、友好，用來稱呼家人、熟人、朋友或孩童。對一個人的稱呼從 вы 變成 ты，意味著感情上親密程度的變化。

03 電話交流

Step 1 最常用的場景單句

1. Алло! 喂！

答 Вас слу́шаю. 喂，請說！

> * Алло [ало́] 發音常為 алё，打電話和接電話的人都可使用。

2. Кто у телефо́на? 您是哪位？

同 С кем я разгова́риваю? 哪位？（我在跟誰說話呢？）

答 С ва́ми говори́т дире́ктор. 我是經理。

Вас беспоко́ит отде́л ка́дров. 這裡是人事處，打擾您了。

3. Извини́те, мне пло́хо слы́шно.
對不起，我聽不清楚。

同 Прости́те, я вас пло́хо слы́шу. 抱歉，我聽不清楚您的聲音。

4. Попроси́те Андре́я Петро́вича к телефо́ну.
請安德烈・彼得洛維奇聽電話。

同 Позови́те, пожа́луйста, Андре́я. 請叫一下安德烈。

Андре́я, пожа́луйста, к телефо́ну. 叫安德烈接下電話。（較隨便意）

Мо́жно Андре́я? 可以和安德烈說話嗎？（較隨便意）

擴 Бу́дьте добры́, дека́на Ивано́ва.

不好意思，請系主任伊凡諾夫接一下電話！（較客氣）

Мо́жно мне поговори́ть с господи́ном Ивано́вым?

我可以和伊凡諾夫先生說話嗎？（較客氣）

Я хоте́л бы поговори́ть с дире́ктором. 我想和經理談談。（較客氣）

Мне нужна́ госпожа́ Петро́ва. 我找彼得洛娃女士。（較正式）

5. Его нет.
他不在。

(同) Он здесь не сидит. 他不在這裡。

Он вышел. 他出去了。

6. Когда он будет?
他什麼時候回來？

(答) Точно не знаю. 我不太清楚。

Через час. 1 個小時後。

7. Что́-нибудь переда́ть?
有什麼要轉告嗎？

(同) Что ему передать? 要轉告他什麼嗎？

Передайте, что звонил Володя. 請轉告，瓦洛佳打過電話。

Нет, спасибо. Я позвоню позже. 不用了，謝謝！我稍後再打過來。

* 動詞不定式句，表示應該或需要的情境意義，如果出現人稱主體，要用第三格。что́-нибудь 是不定代詞，常用在不確定是否存在的疑問句中。

8. Вы не туда́ попа́ли!
您打錯電話了！

(同) Вы ошиблись номером. 您打錯號碼了。

Вы не тот номер набрали. 您撥打的號碼不對。

9. Скажи́те мне, пожа́луйста, но́мер своего́ моби́льника.
請告訴我您的手機號碼！

(同) Дайте, пожалуйста, ваш номер. 請把您的號碼給我！

(答) Запишите: 8-912-345-67-89. 請記下：8-912-345-67-89。

10. Ве́чером тебе́ позвоню́ по телефо́ну.
晚上我會打電話給你。

(同) Вечером мы созвонимся. 晚上我們電話聯繫！

(答) Хорошо, буду ждать твоего звонка. 好的，我會等你電話的。

▶ **Диало́г 1   Звони́ть дру́гу по телефо́ну**

Андре́й: Алло́!

Ма́ша: Приве́т, Андре́й!

Андре́й: Здра́вствуй..., Это кто?

Ма́ша: Это я, Ма́ша.

> 動詞性合成謂語，пригласи́ть кого́ куда́ 邀請某人去哪裡。

Андре́й: А, Ма́ша, я тебя́ не узна́л. Хочу́ пригласи́ть тебя́ ко мне на у́жин, Воло́дя пришёл.

Ма́ша: Спаси́бо, я не могу́, заболе́ла анги́ной.

Андре́й: Очень жаль. Поправля́йся!

▶ **對話 1   打電話給朋友**

安德烈：喂！

瑪莎：   你好，安德烈！

安德烈：你好…是哪位呢？

瑪莎：   是我，瑪莎。

安德烈：啊，瑪莎，沒有聽出來是你。想請你來我家吃晚飯，瓦洛佳也在。

瑪莎：   謝謝，今晚不行，我喉嚨痛。

安德烈：真遺憾！早日康復！

文法說明

Говори́те гро́мче. 中 гро́мче 是副詞 гро́мко 的比較級，意思為請求說話大聲點。另外，類似的句子還有 Я позвоню́ по́зже. 這句中的 по́зже 也是副詞 по́здно 的比較級。俄語中表性質特徵的形容詞或副詞有級的區別，也就是原級、比較級和最高級，表示性質程度的高低。

▶ **Диалог 2   Звони́ть в о́фис**

Секрета́рь: Вас слу́шаю! Факульте́т ру́сского языка́.

Воло́дя: Здра́вствуйте! Попроси́те, пожа́луйста, Андре́я Петро́вича к телефо́ну.

Секрета́рь: Пло́хо слы́шно. Говори́те гро́мче. Кого́ вам на́до?

Воло́дя: Дека́на Ивано́ва, пожа́луйста.

Секрета́рь: Мину́тку... Его́ нет. Он вы́шел.

> 否定句，被否定的人或物用第二格，его́ 從 он 而來。

Воло́дя: А когда́ он бу́дет?

Секрета́рь: То́чно не зна́ю. Что-н переда́ть?

Воло́дя: Нет, спаси́бо! Я позвоню́ по́зже.

▶ **對話 2   打電話到辦公室**

秘書：   您好！這裡是俄語系。

瓦洛佳：您好！請安德烈・彼得洛維奇接下電話。

秘書：   聽不清楚，請大聲點！您找誰？

瓦洛佳：系主任伊凡諾夫，謝謝！

秘書：   稍等…哦，他現在不在，出去了。

瓦洛佳：他什麼時候回來？

秘書：   我不確定。有什麼需要轉告嗎？

瓦洛佳：不了，謝謝！我晚點再打過來。

文化連結

俄羅斯國際區號為 007，即從海外打電話到俄羅斯需要在前面加 007 或 + 7。如果打電話到莫斯科的電話號碼要加 007（495），打電話到聖彼德堡要加 007（812），括弧裡為城市的區碼。俄羅斯的手機號碼是 11 位，通常是以 8 開頭，但在海外撥打俄羅斯手機需要把 8 改成 007 或者 + 7。

Unit 04 詢問時間

4-04

Step 1 最常用的場景單句

1. Кото́рый час?
現在幾點？（傳統問法）

（同）Ско́лько вре́мени? 幾點啦？（現在普遍用語）

2. Де́вять часо́в со́рок мину́т по моско́вскому вре́мени.
莫斯科時間 9 點 40 分。

（同）Деся́тый час. 9 點多。

Без двадцати́ де́сять. 差 20 分鐘 10 點。（9:40 的另一種說法）

Со́рок деся́того. 9 點 40 分

Де́вять со́рок. 9 點 40 分

* 回答現在的時間時有多種標記法，用基數詞、序數詞、帶前置詞詞組皆可。還可以借助名詞表示一刻鐘（че́тверть）或者半小時（полови́на）。口語中回答時間時常常省略單字 час（時）和 мину́та（分），直接用數詞。如果用 12 小時制，可以在數詞後面加上 у́тра（早上）、дня（白天）、ве́чера（晚上）、но́чи（夜晚）來確認是哪個時段的時間。

3. Мои́ часы́ спеша́т. 我的錶快了。

（反）Мои́ часы́ отстаю́т. 我的錶慢了。

（擴）Часы́ у меня́ иду́т то́чно. 我的錶走得很準。

Часы́ останови́лись. 錶停了。

Часы́ испо́ртились. 錶壞了。

4. Како́й сего́дня день? 今天星期幾？

（答）Сего́дня вто́рник. 今天星期二。

понеде́льник 星期一	среда́ 星期三	четве́рг 星期四
пя́тница 星期五	суббо́та 星期六	воскресе́нье 星期日

5. Како́е сего́дня число́? 今天幾號？

(答) Сего́дня двадца́тое ма́рта. 今天 3 月 20 日。

　*表示今天是幾號用序數詞的中性形式（省略了被說明詞 число́）。若
　是回答事件或行為發生的時間，則用第二格表示。

6. Когда́ вы роди́лись? 您什麼時候出生的？

(同) В како́м году́ вы роди́лись? 您哪一年出生？

(答) В две ты́сячи пе́рвом году́. 2001 年。

7. Когда́ у вас день рожде́ния?
您的生日是哪天？

(答) Тридца́того декабря́. 12 月 30 日。

(同) У меня́ день рожде́ния тридца́того декабря́. 我的生日是 12 月 30 日。

8. Во ско́лько вы встаёте?
您幾點起床？

(答) Часо́в в семь. 7 點左右。（名詞前置表示大約。）

9. Вы по́здно ложи́тесь спать?
您很晚睡嗎？

(答) Нет, до оди́ннадцати. 不，11 點前睡。

　Да, по́сле полуно́чи. 是的，12 點以後。

10. Ско́лько часо́в вы рабо́таете в день?
你一天工作幾個小時？

(答) Во́семь часо́в. 8 個小時。

　С восьми́ у́тра до шести́ ве́чера с обе́денным переры́вом на два часа́.
　從早上 8 點到晚上 6 點，中午午休兩個小時。

> 動詞第一人稱命令式，表示
> 說話人邀請、請求別人和自
> 己一起進行或完成某事。

▶ **Диалог 1　Свобóдное от учёбы врéмя**

Мáша:　Андрéй, давáй пойдём сегóдня вéчером в кинó.

Андрéй:　Мне óчень жаль, Мáша, сегóдня я зáнят.

Мáша:　Пóсле ýжина?

Андрéй:　Да. Дéло в том, что по понедéльникам и четвергáм я
хожý в спортúвный зал.

Мáша:　Это, навéрное, отнимáет у тебя́ мнóго врéмени?

Андрéй:　Ну, что ты! Совсéм немнóго. Четы́ре часá в недéлю.

▶ **對話 2　學習之餘的空閒時間**

瑪莎：　安德烈，今晚我們去看電影吧！

安德烈：真不巧，瑪莎。今天我有事情。

瑪莎：　晚飯後也要忙嗎？

安德烈：是的。因為每週一和週四我都要去體育館。

瑪莎：　這個大概會占用你很多時間吧？

安德烈：拜託！才不會，一周就 4 個小時。

文法說明

俄語可以用副詞表示時間，如對話中的（сегóдня, вéчером, обы́чно,
рáно），也可以是帶前置詞或不帶前置詞的數詞 + 名詞詞組，如對話中
пóсле 後接第二格名詞表示在什麼事件或行為之後；по 和某些時間意義名詞
複數第三格搭配使用表示「每逢～」；в + 時間名詞第四格可以表示行為發生
的頻率，也可表示發生時間：在周幾，在幾點鐘；с 和 до 表示時間的起止。
"не пóзже" "не рáньше" 後用第二格，表示不早於或不晚於何時。

▶ **Диалог 2　План на выходно́й день**

> 未完成體將來時表示説話時之後打算幹什麼。

Воло́дя:　Ли Ся, что вы бу́дете де́лать в э́ту суббо́ту?

Ли Ся:　Пока́ не реши́ла. А вы?

Воло́дя:　Пое́дем с Андре́ем в парк культу́ры на вы́ставку карти́н.
Не хоти́те с на́ми вме́сте?

Ли Ся:　С удово́льствием. Когда́ и где́ мы встре́тимся?

Воло́дя:　Вы́ставка рабо́тает с 9 до 5. Встре́тимся в 9 часо́в у́тра
у метро́ "Университе́т". Вам удо́бно?

Ли Ся:　Коне́чно, обы́чно я встаю́ ра́но, не по́зже семи́.
Договори́лись.

▶ **對話 2　假日的安排**

瓦洛佳：李霞，這週六您打算做什麼？

李霞：　暫時還沒有決定。您有什麼計畫嗎？

瓦洛佳：我和安德烈去文化公園看畫展。您想一起去嗎？

李霞：　非常樂意。我們幾點在哪裡見面呢？

瓦洛佳：畫展開放時間是早上 9 點到下午 5 點。我們早上 9 點在地鐵「大
學」站碰面。您方便嗎？

李霞：　當然可以！我一般很早起床，都不會晚於 7 點。那我們約好了！

文化連結

俄羅斯和台灣的時差為 5 個小時，也就是台北的時間比莫斯科時間早 5 個小
時。

俄羅斯地域遼闊，從最西邊的加里寧格勒到最東端楚科奇半島上的傑日尼奧夫
角，國土幾乎橫跨了大半個地球。經度每相差 15°，時間就相差 1 小時，因
此，俄羅斯國內存在 9 個小時的時差。也就是說，加里寧格勒還是深夜 11 點
時，東邊的堪察加半島地區已經是早上 8 點。

Unit 05 家庭成員

Step 1 最常用的場景單句

1. Скóлько человéк у вас в семьé? 您（你們）家有多少人？

答 Трóе. 三個人。

У нас в семьé пáпа, мáма и я. 我們家就爸爸、媽媽和我。

* трое 是集合數詞，指三個人，也可以用基數詞表示為 три чиловéка。

2. Вы зáмужем?
您結婚了嗎？（您有丈夫嗎？）（問女性用語）

擴 Вы женáты? 您結婚了嗎？（您有妻子嗎？）（問男性用語）

男女的婚姻狀況用不同的俄語詞彙表示。詳見下表。

婚姻狀況 性別	未婚	結婚	已婚
男性	не женáт, хóлост	женúться на ком	женáт
女性	не зáмужем	выходúть / вы́йти зáмуж за когó	зáмужем

3. Женá молóже меня́ на 3 гóда. 妻子比我小 3 歲。

同 Муж стáрше меня́ на 3 гóда. 丈夫比我大 3 歲。

擴 Мы ровéсники. 我們是同年。

4. У вас есть дéти? 您有孩子嗎？

答 Да. Двóе. 對，有兩個。

Нет, мы недáвно поженúлись. 還沒有，我們剛結婚不久。

5. Скóлько лет дéтям?
孩子們多大了？

(答) Сы́ну 2 гóда, дóчери ужé 16 лет. 兒子 2 歲，女兒已經 16 歲了。

6. Он у́чится и́ли рабóтает?
他在上學還是在工作？

(答) Он мáленький, ещё у́чится. 他還小，還在讀書。

Он уже большóй, рабóтает. 他已經大了，在上班了。

7. Где твой брат у́чится?
你的哥哥（弟弟）在哪裡上學？

(答) Он у́чится в медици́нском институ́те. 他就讀醫學院。

Онá рабóтает в бáнке. 她在銀行任職。

(擴) Где вáша сестрá рабóтает? 您姐姐（妹妹）在哪裡上班？

8. Кем твой отéц рабóтает?
你父親做什麼工作？

(同) Кто он по специáльности? 他的專業是什麼？

Какáя у негó профéссия? 他的職業是什麼？

(答) Мой отéц — преподавáтель ру́сского языкá. 我的父親是俄語教師。

9. Мой дéдушка ужé на пéнсии.
我的祖父已經退休了。

(同) Он вы́шел на пéнсию в прóшлом году́. 他去年退休了。

Мой дед — пенсионéр. 我的爺爺（外公）是退休人員。

Он получáет пéнсию. 他退休了。（他在領退休金生活。）

10. Откýда вы рóдом?
您祖籍在哪裡？

(同) Какóй ваш роднóй гóрод? 您的故鄉在哪裡？

(答) Я из Тайваня. 我來自臺灣。

Моя́ рóдина -- Тайбэй. 我的家鄉是台北。

Я роди́лся в Тайване. 我出生在臺灣

209

▶ **Диалог 1　О своéй семьé**

> 數詞 2 的陰性形式後接名詞單數第二格，形容詞複數第一格。

Андрéй:　Ли Ся, из какóго гóрода Китáя вы приéхали?

Ли Ся:　Мой роднóй гóрод — Шанхáй. Родúтели там живýт.

Андрéй:　Это óчень красúвый гóрод. У вас большáя семья́?

Ли Ся:　Нет, тóлько пáпа, мáма и я. А вы москвúч?

Андрéй:　Нет, я приéхал из Санкт-Петербýрга. У меня́ две
 млáдшие сестры́, онú близнецы́.

Ли Ся:　Вам завúдую. Гдé онú сейчáс, с родúтелями в Санкт-
 Петербýрге?

> 集合數詞陰性，表示涉及的是前面僅有的兩個。

Андрéй:　Нет, óбе онú тепéрь ýчатся в МГУ.

▶ **對話 1　談論家庭**

安德烈：李霞，您是來自中國哪個城市？

李霞：　我的家鄉是上海。父母都還住在那裡。

安德烈：這是一座非常美麗的城市。你們家有很多人嗎？

李霞：　不，只有爸爸、媽媽和我。您呢？是莫斯科人嗎？

安德烈：不是，我從聖彼德堡來。我還有兩個妹妹，她們是雙胞胎。

李霞：　真羨慕您。她們現在在哪裡呢？和父母在聖彼德堡嗎？

安德烈：沒有，她們倆都在莫斯科大學上學。

文法說明

詢問年齡可以用 "Скóлько вам лет?"（要注意不要問女生的年齡）。這個句型中，主體用第三格，具體年齡用數詞＋年齡的名詞詞組表示：1 或者合成數詞個位數為 1，後面用單數第一格 год；2、3、4 或合成數詞個位數為 2、3、4 時，用單數第二格 гóда；5 以上用複數第二格 лет。

例如：Сы́ну 1 (одúн) год. 兒子 1 歲。Дóчке 3 (три) гóда. 女兒 3 歲。

　　　Мáме 30 (трúдцать) лет. 媽媽 30 歲。

▶ **Диалог 2　О возрасте и детях**

集合數詞 **двое** 後接複數第二格的陽性、共性或複數名詞。

Володя:　Ли Дун, сколько тебе лет?

Ли Дун:　На прошлой неделе исполнилось сорок. А тебе?

Володя:　Правда? Мы ровесники. А дети тоже у тебя есть?

Ли Дун:　Да. У меня сын, ему 10 лет. Учится ещё в школе. А у тебя?

Володя:　А у меня двое детей. Сын ходит в детский сад, а дочь недавно поступила в университет.

Ли Дун:　Какая счастливая семья!

不定向運動動詞，表多次來回。

▶ **對話 2　談論年紀和孩子**

瓦洛佳：李東，你多大了？

李東：　上周剛滿 40 歲。你呢？

瓦洛佳：真的嗎？我們同年。你也有孩子吧？

李東：　對，我有個兒子，10 歲了。在讀小學。你的呢？

瓦洛佳：我有兩個孩子，兒子還在上幼稚園，女兒不久前考上大學了。

李東：　多麼幸福的家庭啊！

文化連結

俄羅斯傳統觀念中，家庭是第一位的。在俄羅斯，法定結婚年齡為 18 歲，但近年來大部分女性的結婚年齡為 25 到 34 歲。晚婚的主要原因有升學或就業壓力、無固定住所以及渴望獨自生活等，許多年輕男女選擇非登記結婚，也就是事實婚姻的現象逐年增多。

Unit
06 性格外貌

Step 1 最常用的場景單句

1. Как он вы́глядит?
他看起來如何？

(答) Это молодо́й челове́к с уса́ми. 這是個有小鬍子的年輕人。

Это молодо́й уса́тый челове́к. 這是留著小鬍子的年輕人。

Он молодо́й, но́сит усы́. 他是個年輕人，留著小鬍子。

* 大鬍子用 борода́，蓄大鬍子的人為 челове́к с бородо́й 或 борода́тый
челове́к。

2. Это челове́к высо́кого ро́ста.
這個人個子很高。

(反) Это челове́к ни́зкого ро́ста. 這個人個子很矮。

(擴) Это челове́к сре́днего ро́ста. 這個人中等身高。

* 個子和年齡特徵都可以用第二格名詞詞組表示。如：Она́ сре́дних лет.
她已是中年人。Она́ пенсио́нного во́зраста. 她已經是退休年齡。

3. Они́ похо́жи как две ка́пли воды́.
他們長得一模一樣。（他們長得就像兩滴水珠一模一樣。）

(同) Они́ о́чень похо́жи друг на дру́га. 他們長得非常相像。

* 句型 Кто похо́ж на кого́ 誰長得像誰，如：Он похо́ж на ма́му. 他像媽
媽。Она́ похо́жа на отца́. 她像父親。Де́ти похо́жи на па́пу. 孩子們長得
像爸爸。

4. Эта де́вушка всегда́ хо́дит в джи́нсах.
這個女孩總是穿牛仔褲。

(同) Эта де́вушка всегда́ но́сит джи́нсы. 這個女孩總是穿著牛仔褲。

5. Она́ сли́шком легко́ оде́та.
她穿得太單薄了。

反 Она́ сли́шком тепло́ оде́та. 她穿的太厚了。

* оде́тый 的短尾形容詞 оде́т（陽），оде́та（陰），оде́ты（複）表示穿著的狀態。

6. Он наде́л пальто́. 他穿上了大衣。

反 Он снял пальто́. 他脫掉了大衣。

* 穿上或戴上的動作還可以用動詞 оде́ть кого́ во что 給誰穿上～，
оде́ться во что 自己穿上～；相反的動作則是 разде́ть кого́ 給誰脫掉衣服，разде́ться 自己脫衣服。

7. Как я вы́гляжу в э́том костю́ме?
我穿這套衣服怎麼樣？

答 Этот костю́м тебе́ идёт. 這套衣服適合你。

Этот костю́м тебе́ мал. 這套衣服你穿太小了。

Этот костю́м тебе́ вели́к. 這套衣服你穿太大了。

* 服飾的大小不用 большо́й 和 ма́ленький，而借用 вели́кий 和 ма́лый 的
短尾形式表達。

8. Сестра́ одева́ется мо́дно, со вку́сом.
姐姐穿戴時尚，很有品味。

反 Сестра́ одева́ется старомо́дно, без вку́са. 姐姐穿著老氣，沒品味。

9. Что он за челове́к?
他是個怎麼樣的人？

同 Како́й он челове́к? 他人怎麼樣？

答 Он жизнера́достный и трудолюби́вый. 他樂觀又勤勞。

10. По хара́ктеру он живо́й и общи́тельный.
他屬於活潑外向型的性格。

同 Его́ хара́ктерная черта́ — жи́вость и общи́тельность. 他性格活潑善交際。

反 По хара́ктеру он ти́хий и за́мкнутый. 他性格安靜且孤僻。

▶ **Диалог 1   О внéшности человéка**

Мáша: Волóдя, сегóдня ýтром к тебé приходи́л какóй-то молодóй человéк.

> 不定代詞，表示確實存在，但不能確認具體，常翻譯成「某～，不知是～」

Волóдя: Кто же э́то был? А как он вы́глядел?

Мáша: На вид я бы дала́ емý лет 30.

Волóдя: Он худóй? Пóлный?

Мáша: У негó хорóшая фигýра. Он стрóйный, и подтя́нутый.

Волóдя: А лицó? Вóлосы?

Мáша: Пра́вильные черты́ лица́ и свéтлые кудря́вые вóлосы.

Волóдя: А, э́то мой двою́родный брат Кóстя.

▶ **對話 1   關於人的外貌特徵**

瑪莎：   瓦洛佳，今天早上有個年輕人來找過你。

瓦洛佳：會是誰呢？他長得怎麼樣呢？

瑪莎：   外表看起來大概 30 歲左右。

瓦洛佳：他是瘦還是胖？

瑪莎：   他身材挺好的，高挑修長、勻稱筆挺。

瓦洛佳：臉呢？頭髮呢？

瑪莎：   長得五官端正，淺色的捲髮。

瓦洛佳：哦，是我的表哥科斯佳。

文法說明

詢問某人的長相用 "Как он (онá) вы́глядит?" 回答可以從個子、身材、臉部、穿著等具體特徵描述，可以用第二格名詞詞組後、帶前置詞 с чем 或 без чегó 的詞組以及 У когó есть что 的句型。還可以概括描述特點，用 вы́гдядеть как, вы́глядеть какóй / каки́м 的結構。

例如：Онá вы́глядит мóлодо. 她看起來年輕。

Онá вы́глядит молóже свои́х лет. 她看起來比實際年齡還小。

Он вы́глядит на свой вóзраст. 他的樣子和實際年齡相當。

▶ **Диалог 2   О характере человека**

Андрей:　Маша, говорят, у тебя новая подруга.

Маша:　Да. Я очень рада, что подружилась с девушкой, которая всегда меня понимает.

> 定語從句關聯詞，從句修飾主句中的名詞 девушка。

Андрей:　Что она за человека?

Маша:　Она приехала из Китая. Девушка тихая, скромная, вежливая и заботливая.

Андрей:　А ты всегда живая и энергичная. Неужели тебе с ней интересно?

Маша:　Мы действительно очень разные по характеру, но стали большими друзьями.

Андрей:　Тогда познакомь нас когда-нибудь.

Маша:　Обязательно.

▶ **對話 2   關於人的性格特徵**

安德烈：瑪莎，聽說你交了一個新朋友。

瑪莎：　是的。我很高興，能夠和一個總能理解我的女孩成為朋友。

安德烈：她是個怎麼樣的人啊？

瑪莎：　她來自中國，是個文靜謙虛的姑娘，而且有禮貌，懂得關心人。

安德烈：可是你性格活潑又精力充沛。和她一起不會感到無趣嗎？

瑪莎：　我們的性格的確完全不同，但卻真的變成了好朋友。

安德烈：那介紹讓我們認識一下啊！

瑪莎：　一定。

文化連結

俄羅斯人講究穿著打扮，注重容貌舉止。尤其是俄羅斯女子，平時出門前都會化妝，穿著上除了乾淨、整齊，還注重色彩的搭配和整體的和諧。俄羅斯人有很高的藝術修養，很常去博物館、劇院或參加晚會和藝術活動。出發之前，無論男女老幼都會精心打扮一番，就像是去參加盛大慶典，非常有儀式感。

Unit
07 休閒娛樂

4-07

Step 1 最常用的場景單句

1. Что ты лю́бишь де́лать в свобо́дное вре́мя?
空閒時間你喜歡做什麼？

(同) Чем ты лю́бишь занима́ться в выходны́е дни? 週末你喜歡做什麼？

2. Како́е у вас хо́бби?
您有什麼嗜好？

(同) Чем вы интересу́етесь? 您對什麼感興趣？

Чем вы увлека́етесь? 您熱愛什麼？

3. Я увлека́юсь жи́вописью.
我熱愛繪畫。

(同) Я люблю́ рисова́ть. 我喜歡畫畫。

Моё люби́мое заня́тие — рисова́ть. 我喜歡做的事情是畫畫。

Жи́вопись — моё да́внее увлече́ние. 繪畫是我一直以來的愛好。

4. Кулинари́я для меня́ — хоро́ший о́тдых.
烹飪對我來說就是最好的休息。

(同) Кулинари́я доставля́ет мне большо́е удово́льствие. 烹飪讓我身心愉悅。

5. Вы лю́бите занима́ться спо́ртом?
您喜歡從事體育運動嗎？

(答) Я люблю́ спорт. Зимо́й — лы́жи, ле́том — пла́вание.
我喜歡運動：冬天滑雪，夏天游泳。

Ка́ждый день я бе́гаю в па́рке. 我每天都在公園跑步。

(擴) Како́й вид спо́рта вы предпочита́ете? 您最喜歡什麼運動？

216

6. Что идёт сегóдня в кинó?
今天電影院上映什麼電影？

(答) "Движéние вверх" — россúйская спортúвная дрáма.
俄羅斯體育大片《絕殺慕尼黑》。

7. Мóжно заказáть билéт по телефóну?
可以透過電話訂票嗎？

(答) Конéчно. Заказáть мóжно по телефóну úли онлáйн. 當然。透過電話或線
上都可以購票。

　　* 在俄羅斯，幾乎所有的門票都可以通過網路訂購，也可以直接在售票
　　　窗口（кáсса）購買。

8. Пойдём сегóдня в теáтр.
我們今天一起去劇院吧！

(擴) Пошлú бы на спектáкль / óперу / балéт. 我們去看話劇／聽歌劇／看芭蕾
吧！

　　* 戲劇種類：дрáма 話劇，трагéдия 悲劇，комéдия 喜劇，оперáтта 輕歌
　　　劇，водевúль 通俗喜劇。

9. Не хотúте ли вы пойтú сегóдня с нáми на концéрт?
今天想和我們一起去聽音樂會嗎？

(答) Спасúбо, с удовóльствием. 謝謝，非常樂意。

　　* 常見的音樂會種類：синфонúческий концéрт 交響音樂會，концéрт
　　　классúческой мýзыки 古典音樂會，концéрт нарóдной мýзыки 民間
　　　音樂會，концéрт лёгкой мýзыки 輕音樂會，концéрт худóжественной
　　　самодéятельности 業餘音樂演奏會。

10. Тепéрь я совсéм потерял интерéс к филателúи.
我現在對集郵已經失去興趣了。

(同) Тепéрь я брóсила филателúю. 我放棄集郵了。

Тепéрь филателúя перестáла меня интересовáть.
現在集郵不再令我感興趣了。

▶ **Диалог 1** Любо́вь к му́зыке

Ма́ша: Андре́й, что ты де́лаешь в свобо́дное вре́мя?

Андре́й: Я люблю́ слу́шать му́зыку, иногда́ и хожу́ на стадио́н.

Ма́ша: Если я не ошиба́юсь, поп-му́зыку ты лю́бишь.

Андре́й: Что ты! Я предпочита́ю класси́ческую му́зыку совреме́нной. Ма́ша, что тебя́ интересу́ет?

Ма́ша: Я то́же люблю́ класси́ческую му́зыку.

Андре́й: В э́ту суббо́ту бу́дет симфони́ческий конце́рт в це́нтре го́рода. Вме́сте пойдём?

Ма́ша: Хорошо́! Собира́юсь заказа́ть биле́ты сего́дня ве́чером. Тогда́ два биле́та?

Андре́й: Дава́й!

> 動詞 предпочита́ть 搭配 кого́-что（更喜歡的人或物）кому́-чему́（不太喜歡的人或物），表示「與～相比更喜歡～」

▶ **對話 1 對音樂的熱愛**

瑪莎： 安德烈，你空閒時間都會做什麼？

安德烈：我喜歡聽音樂，有時也會去體育館。

瑪莎： 我沒弄錯的話，你喜歡的是流行音樂吧！

安德烈：才不是呢！比起現代音樂我更喜歡古典樂。瑪莎，你對什麼感興趣呢？

瑪莎： 我也喜歡古典音樂。

安德烈：這週六市中心有一場交響音樂會，一起去嗎？

瑪莎： 好啊！我正打算晚上訂票呢，那我就訂兩張？

安德烈：當然！

文法說明

俄語中有幾個表示喜好的動詞，它們表達的喜好程度有所不同，搭配關係也有差異。喜好程度由淺到深依序有：
интересова́ть / интересова́ться 感興趣；нра́виться 喜歡；
люби́ть 愛；увлека́ть / увлека́ться 著迷；обожа́ть 崇拜。

動詞 прийти́сь 只用單數第三人稱形式，和完成體動詞不定式連用，主體用第三格，表示不得不做什麼。

▶ **Диалог 2　Посеща́ть теа́тр**

Андре́й: Почему́ ты так опозда́ла? Я уже́ хоте́л прода́ть биле́т и пойти́ оди́н.

Ма́ша: Извини́, я задержа́лась в библиоте́ке. Ты, случа́йно, не ви́дел Воло́дю?

Андре́й: Он уже́ прошёл в вестибю́ль. Наве́рное, встре́тим его́ в антра́кте в фойе́.

Ма́ша: Я не успе́ла зае́хать домо́й — придётся оста́вить портфе́ль в гардеро́бе. Мы возьмём бино́кль?

Андре́й: Не сто́ит. Мы сиди́м недалеко́ от сце́ны, в восьмо́м ряду́ парте́ра.

Ма́ша: Како́й э́то звоно́к?

Андре́й: Уже́ тре́тий. Нам на́до найти́ свои́ места́.

▶ **對話 2　去劇院看表演**

安德烈：你怎麼遲到那麼久？我甚至打算把票賣了，然後一個人進去。

瑪莎：　對不起，我在圖書館耽誤了。你看到瓦洛佳了嗎？

安德烈：他已經進大廳了，中場休息時我們應該能見到他。

瑪莎：　我沒來得及回家一趟，只能把包包放寄物處了。我們要帶望遠鏡嗎？

安德烈：不用，我們坐得離舞臺不遠，在第 8 排。

瑪莎：　這是第幾次響鈴了？

安德烈：已經第三次了，我們趕緊找位置吧！

文化連結

俄羅斯人熱愛、崇尚藝術，所以劇院也成為俄羅斯社會生活中不可或缺的一部分。位於莫斯科市中心的國家大劇院（Большо́й теа́тр，簡稱：ГАБТ）是世界上其中一座最著名的歌舞劇院。大劇院建築雄偉壯麗，能夠容納 2000 名觀眾，內部設備非常完善，音響效果極佳。

Unit

08 天氣氣候

4-08

最常用的場景單句

1. Кака́я сего́дня пого́да? 今天天氣如何？

(答) Сего́дня хоро́шая пого́да. 今天天氣好。

Сего́дня плоха́я пого́да. 今天天氣不好。

2. Сего́дня со́лнечная пого́да. 今天晴天。

(擴) Сего́дня па́смурная пого́да. 今天陰天。

Сего́дня дождь. 今天下雨。

3. Дождь льёт как из ведра́. 下著傾盆大雨。

(同) Идёт си́льный дождь. 下大雨。

(反) Идёт ма́ленький дождь. 下小雨。

Дождь мороси́т. 下毛毛雨。

* 動詞 идти́ 和雨、雪搭配，詞義同 па́дать，表示下、降的意思。

4. Кака́я сего́дня температу́ра во́здуха?
今天氣溫多少度？

(答) Температу́ра о́коло двадцати́ гра́дусов. 氣溫 20℃ 左右。

Температу́ра дохо́дит до двадцати́. 氣溫達到 20℃。

Температу́ра от -20℃ до -10℃. 氣溫從零下 20℃ 到零下 10℃。

	说法一	说法二	说法三
零下 10℃	де́сять гра́дусов моро́за	де́сять гра́дусов ни́же нуля́	ми́нус де́сять гра́дусов
零上 10℃	де́сять гра́дусов тепла́	де́сять гра́дусов вы́ше нуля́	плюс де́сять гра́дусов

5. **Сего́дня хо́лодно.**
今天很冷。

（反）Сего́дня жа́рко. 今天很熱。

* 謂語副詞當作謂語的無人稱句，表示感覺如何。其他表示天氣狀況的
謂語副詞還有 тепло́ 暖和，прохла́дно 涼爽，ду́шно 悶熱，сы́ро 潮
濕，ве́трено 有風，пы́льно 多塵等。

6. **Зимо́й ча́сто идёт снег, ду́ет си́льный ве́тер.**
冬天經常下雪，刮大風。

* дуть 表示吹，刮；透風。表示自然現象只用第三人稱：Ду́ет ве́тер. 颳
風。也可用作無人稱動詞：С мо́ря ду́ло холо́дным ве́тром. 從海上吹來
了冷風。Ду́ет и́зо всех о́кон. 所有窗戶都透風。

7. **Ле́том быва́ет жа́рко и ду́шно.**
夏天通常又熱又悶。

（擴）Зимо́й моро́зно, быва́ет мете́ль. 冬天寒冷，常有暴風雪。

8. **Пого́да неусто́йчивая в э́то вре́мя.**
這段時間的天氣變化無常。

（反）Пого́да усто́йчивая в э́то вре́мя. 這段時間的天氣比較穩定。

9. **Како́е вре́мя года вы бо́льше всего́ лю́бите?**
你最喜歡哪個季節？

（答）Я люблю́ ле́то: ле́том тепло́, и дли́нные кани́кулы.
我喜歡夏天，夏天很暖和，還有長假。

* 季節還可以用 сезо́н 來表示，一年四季：весна́ 春、ле́то 夏、о́сень
秋、зима́ 冬，而名詞的第五格構成副詞，也就是：весно́й, ле́том,
о́сенью, зимо́й。表示在何時，回答 когда́ 的問題。

10. **Тебе́ нра́вится кли́мат здесь?**
你喜歡這裡的氣候嗎？

（答）Вообще́, кли́мат мне подхо́дит. 總的來說，我能適應這裡的氣候。

▶ **Диалог 1　О сего́дняшней пого́де**

Андре́й:　Ма́ша, ты не слы́шала прогно́з пого́ды? Кака́я сего́дня
　　　　　пого́да?

Ма́ша:　Сего́дня прия́тная пого́да: не жа́рко, не хо́лодно.

Андре́й:　А температу́ра?

Ма́ша:　Днём 21 гра́дус тепла́, а но́чью 10.

Андре́й:　Прекра́сный день! Пое́дем за́ город, поды́шим све́жим
　　　　　во́здухом.

Ма́ша:　Но обеща́ли, что к ве́черу бу́дет дождь.

Андре́й:　К семи́ мы вернёмся. Возьми́ зо́нтик на вся́кий слу́чай.

> поды́шать 呼吸，吸氣。接第五格名詞。

> 前置詞 к 表示在～之前。

▶ **對話 1　談論今天的天氣**

安德烈：瑪莎，你聽天氣預報了嗎？今天天氣如何？

瑪莎：　今天天氣很舒服，不熱也不冷。

安德烈：氣溫呢？

瑪莎：　白天是 21℃，而夜晚是 10℃。

安德烈：真是美好的一天！我們去郊外，呼吸新鮮空氣吧。

瑪莎：　但也説了傍晚有雨。

安德烈：我們 7 點前回來。以防萬一，把傘帶上吧！

文法說明

прогно́з пого́ды 是指天氣預報。預報何種天氣常用動詞是 обеща́ть 和
передава́ть。

例如：Обеща́ют потепле́ние. 預報說天氣要轉暖。

　　　По ра́дио передава́ли, что бу́дут небольши́е дожди́.
　　　廣播說將會有小雨。

將有何種天氣會用 быть 或 ожида́ться 的第三人稱形式。

例如：Ско́ро бу́дет град. 很快就會下冰電。

　　　За́втра бу́дет тепле́е. 明天會更暖和。

　　　На днях бу́дет жа́рко. 這兩天會很熱。

　　　К ве́черу ожида́ется ре́зкое похолода́ние. 傍晚將會有明顯的降溫。

▶ **Диалог 2　О зиме́ в Москве́**

Ли Ся:　Андре́й, ты до́лго живёшь в Москве́?

Андре́й:　Да, уже́ пять лет. А что?

Ли Ся:　Зимо́й в Москве́ всегда́ хо́лодно? Бою́сь, как бы не замёрзнуть.

Андре́й:　Обы́чно зимо́й хо́лодно. Ча́сто идёт снег, ду́ет си́льный ве́тер. ┄┄ 不定代詞，表示說話者知道是什麼，只是沒有明確指出。

Ли Ся:　Наве́рное, мне на́до съе́здить в центр го́рода купи́ть себе́ ко́е-что тёплое.

Андре́й:　Позови́ Ма́шу, когда́ собира́ешься пое́хать. Она́ помо́жет. ┄┄┄┄┄┄┄┄┄┄┄ 時間從句，表示當～時候。

Ли Ся:　Хоро́шая иде́я! Спаси́бо!

▶ **對話 2　談論莫斯科的冬天**

李霞：　安德烈，你住在莫斯科很久了吧？

安德烈：對啊，已經 5 年了。怎麼啦？

李霞：　莫斯科冬天總是很冷嗎？我擔心自己會凍著。

安德烈：冬天通常很冷。經常下雪，刮大風。

李霞：　看來，我得去一趟城裡買些暖和的衣物。

安德烈：去的時候叫上瑪莎吧！她會幫你的。

李霞：　好主意。謝謝！

文化連結

俄羅斯國土面積廣大，各地的氣候差異很大，但大部分的地區緯度較高，屬於溫帶和亞寒帶大陸性氣候。四季氣候較分明：冬天漫長、乾燥而寒冷，夏季短暫而涼爽，春秋時節較溫暖，但時間很短。位於俄羅斯東北部的奧伊米亞康村，是世界上其中一個最冷的定居點，1 月平均溫度為 -50℃，歷史最低值則是 -71.2℃。

Unit
09 拜訪做客

4-09

Step 1 最常用的場景單句

1. Я приглашáю вас к себé на ýжин.
我邀請您到我家吃晚飯。

(同) Приходи́те к нам на ýжин. 到我們家吃晚飯吧！

(答) Извини́те, что не могý поýжинать с вáми. 很抱歉，不能和您共進晚餐。

С удовóльствием. Обязáтельно придý. 很榮幸，我一定會到。

2. Я óчень скучáю по тебé.
我很想你。

(答) Я тóже по тебé соскýчилась. 我也很想你。

* скучáть, соскýчиться 兩個動詞的詞義和搭配關係都一樣，後面接 о
ком-чём, по комý-чемý и по ком-чём 具有「想念、惦記、掛念」的意
思。例如：по родны́м, по дóму / дóме, по рабóте, о дéтях。

3. Благодарю́ вас за приглашéние.
謝謝您的邀請！

(答) Рáды вáшему прихóду. 很高興您（你們）能來。

(擴) Спаси́бо за гостеприи́мство. 謝謝熱情款待！

4. Прошý к столý! Сади́тесь!
請入座！

(同) Проходи́те к столý. 請入席！

Пожáлуйста, к столý. 請上座！

(答) О, какóй стол! 噢，多麼豐盛的宴席啊！

5. Не стесня́йтесь. Бу́дьте как до́ма.

別客氣，請當自己家！

(同) Не стесня́йтесь. Чу́вствуйте себя́ как до́ма. 別拘束，就當在自己家一樣。

(答) Мы стесня́ться не бу́дем. 我們不會客氣的。

6. Поздравля́ю тебя́ с днём рожде́ния!

祝你生日快樂！

(同) С днём рожде́ния! 生日快樂！

* 俄語中表達祝賀時常用句型為：поздравля́ть кого́ с чем. 口語中常常省略動詞，直接用前置詞詞組 с чем，例如：С Рождество́м! 聖誕快樂！С Но́вым го́дом! 新年快樂！С новосе́льем! 恭喜喬遷新居！

7. Жела́ю вам здоро́вья и сча́стья!

祝您健康幸福！

(答) Пусть всегда́ с ва́ми бу́дет здоро́вье и сча́стье! 讓健康幸福常伴您左右！

8. У меня́ тост. Хочу́ вы́пить за хозя́йку до́ма.

我來敬一杯。我想為女主人乾一杯。

(同) Я предлага́ю вы́пить за хозя́йку до́ма. 我提議為女主人喝一杯。

Дава́йте вы́пьем за хозя́йку до́ма. 讓我們為女主人乾杯吧。

* "тост" 的詞義為敬酒詞。俄語中：произнести́, провозгласи́ть, предложи́ть тост за кого́-что 是指為～而舉杯；осуши́ть (вы́пить) тост за кого́-что 指為～而乾杯。常用的敬酒詞有 за знако́мство 為相識乾杯，за встре́чу 為相聚乾杯，за на́шу дру́жбу 為我們的友誼乾杯等。

9. В ва́шем до́ме хорошо́ и ве́село.

在您（你們）家溫馨而快樂。

(答) Мы ра́ды, что вам у нас понра́вилось. 很高興您（你們）喜歡。

10. Счастли́вого пути́!

一路平安！（送行者對旅行者）

(答) Счастли́во остава́ться. 祝幸福！（旅行者對送行者）

▶ **Диалог 1 Принима́ть госте́й из далёких мест**

Воло́дя: Ли́да, разреши́ предста́вить тебе́ на́шего го́стя и́з-за рубежа́. Это Ли Дун, познако́мьтесь.

Ли Дун: Ли Дун. Мо́жно по-ру́сски Анто́н!

名詞第一格當作靜詞性合成謂語。

Воло́дя: Прошу́ люби́ть и жа́ловать.

Ли́да: Ли́дия Тимофе́евна. Мо́жно про́сто Ли́да. С прие́здом! Очень ра́да. Мно́го слы́шала о вас.

Ли Дун: Что вы, я совсе́м не така́я уж знамени́тость. Этот буке́т для вас. Наде́юсь, что вам понра́вится.

Ли́да: Спаси́бо! Каки́е краси́вые цветы́! Проходи́те в дом, пожа́луйста.

что 是帶説明從句的主從複合句中最常用的連接詞。

▶ **對話 1 接待遠道而來的客人**

瓦洛佳：麗達，給你介紹我們來自國外的客人。這是李東，互相認識一下。

李東： 我是李東，可以直接叫俄語名字安東！

瓦洛佳：請多多關照他。

麗達： 麗迪亞・提莫菲耶夫娜，簡稱麗達就行。路上還順利吧？非常高興認識您，久聞大名。

李東： 瞧您説的，我還沒那麼有名氣吧！這是給您的花束，希望您喜歡。

麗達： 謝謝！多麼美麗的花！請進屋吧！

文法說明

表示邀請時，俄語通常用命令式未完成體。

例如：Приходи́те к нам в го́сти! 歡迎到我家做客。

Раздева́йтесь. 請脱外衣。

客人到家請客人進屋時，若門是關著的，而客人在外面，要用 Входи́те, пожа́луйста. 表示請客人推門從外面進屋；若門是開著的，則用動詞 проходи́ть 表示通過一段距離到屋裡，搭配可以是 Проходи́те в дом. 請進屋！Проходи́те к столу́. 請入座。

▶ **Диалог 2   К дру́гу на день рожде́ния**

Ли́да:　　Здра́вствуйте!

Ма́ша:　　Здра́вствуйте! Мы уже́ давно́ вас ждём. Заходи́те,
　　　　　　 пожа́луйста.

Воло́дя:　Прости́те, мы немно́го опозда́ли.

Ма́ша:　　Ничего́. Как говори́тся, лу́чше по́здно, чем никогда́. Ну
　　　　　　 что вы стои́те? Проходи́те, раздава́йтесь, пожа́луйста.

Воло́дя:　С днём рожде́ния! Прими́те от нас скро́мные пода́рки.

Ма́ша:　　Каки́е духи́! Ско́лько цвето́в! Спаси́бо! Друзья́, прошу́ к
　　　　　　 столу́. Обе́д на столе́.

Ли́да:　　Ой. Како́й стол! Вку́сно па́хнет!

> 比較短語結構：лу́чше…，чем… 比～更好。лу́чше 是 хорошо́ 的比較級，被比較的物件用 чем 來連接，表示比～更好。

▶ **對話 2   參加朋友的生日派對**

麗達：　　您好！

瑪莎：　　你們好！我們早就在等你們了，請進。

瓦洛佳：對不起，我們晚到了一點。

瑪莎：　　沒關係。俗話說：晚來總比不來好。幹嘛還站著，快進來，把
　　　　　外衣脫了吧！

瓦洛佳：生日快樂！請收下我們的小禮物。

瑪莎：　　好棒的香水，那麼多鮮花！好感動！朋友們，入座吧，飯已經
　　　　　上桌了。

麗達：　　哇，好豐盛，真香啊！

文化連結

俄羅斯人殷勤好客，節日、生日、喬遷等都會邀請親朋好友到家裡做客。到俄羅斯人家裡做客首先是受邀才去。寧願晚到一會兒也不要提前到，因為早到會讓主人措手不及。另外，一定要帶禮物，可以是鮮花配上主人心儀的禮品。鮮花若非一大束，則花的枝數一定要單數（10 枝以內時），偶數是用來祭奠亡人的。

Unit
10 餐廳用餐

4-10

Step 1 最常用的場景單句

1. Я проголода́лся. 我餓了。

(同) Я голодна́. 我餓了。

2. Дава́йте пойдём пообе́даем. 我們去吃午餐吧！

(同) Пойдём куда́-нибудь пообе́дать. 我們找個地方吃飯吧！

 * 此處 пообе́дать 意思為吃飯，吃午餐，也可以換成吃早餐 поза́втракать，吃晚餐 поу́жинать 的不定式或複數第一人稱形式。

3. Скажи́те, э́тот сто́лик свобо́ден?
請問，這張桌子是空著的嗎？

(同) Прости́те, здесь свобо́дно? 請問，這裡是空著的嗎？

(答) Да. Сади́тесь, пожа́луйста. 是的，請坐吧！

 Нет, он уже́ зака́зан. 不，這張桌子有人預訂了。

 * сто́лик 為 стол 的指小詞，此處意為（食堂、餐廳等的）餐桌。詢問座位是否有空位時也可以反過來問：Сто́лик за́нят? 桌子有人坐嗎？Здесь за́нято? 這裡有人嗎？

4. Прости́те, есть отде́льный кабине́т?
請問，有包廂嗎？

(答) Есть. Прошу́. 有的，這邊請。

 Извини́те, пока́ нет. 對不起，暫時沒有。

5. Нам ну́жен сто́лик на двои́х.
我們需要一張兩人桌。

(答) Вы мо́жете сесть за тот сто́лик. 你們可以坐那張桌子。

6. Что зака́жем на обе́д?
午餐我們要點什麼來吃？

(同) Что бу́дем зака́зывать? 我們要點什麼呢？

(答) На заку́ски мы возьмём сала́т из овоще́й, на пе́рвое — борщ, на второе — бифште́кс с яйцо́м, на десе́рт — моро́женое. 開胃菜要一個蔬菜沙拉，第一道菜來一個羅宋湯，第二道點煎牛排加雞蛋，甜點就要冰淇淋。

7. В э́том рестора́не вку́сно гото́вят.
這家餐廳餐點料理得很美味。

(同) В э́том рестора́не хорошо́ ко́рмят. 這個餐廳的食物味道不錯。

Замеча́тельная ку́хня в э́том рестора́не. 這家餐廳美食非常棒！

8. Еда́ сли́шком пре́сная.
菜太淡了。

(反) Блю́до о́чень солёное. 菜太鹹了。

* 菜不合胃口可以用句型 что кому́ не по вку́су，例如：Ку́рица мне не по вку́су, она́ о́страя. 雞不合我的胃口，太辣了。味道還可能是 ки́слый 酸，сла́дкий 甜，го́рький 苦等。

9. Да́йте, пожа́луйста, счёт.
請結帳。（請給我們賬單。）

(同) Ско́лько с нас? 我們得付多少？

(答) Одну́ мину́точку. 稍等。

10. Мо́жно оплати́ть ка́ртой?
可以用卡付款嗎？

(同) Вы принима́ете ка́рты? 你們接受信用卡支付嗎？

(答) Да, пожа́луйста. 是的，可以。

Извини́те, у нас пробле́ма с термина́лом. 抱歉，我們讀卡機有問題。

* 在俄羅斯，餐廳消費主要是現金（нали́чные）支付、刷信用卡（ба́нковская ка́рта）結帳。按照慣例，要給服務生的小費（чаевы́е），通常是餐費的 5%～10%。如果是現金，也可以讓服務生不用找零（сда́ча）。

▶ **Диало́г 1   Зака́зывать обе́д в рестора́не**

Воло́дя: До́брый день! Мы хоти́м пообе́дать.

Официа́нтка: Пожа́луйста. Возьмёте ко́мплексный обе́д и́ли закажете отде́льные блю́да?

Воло́дя: Ко́мплексный обе́д?

Официа́нтка: Да. У нас фи́рменный Би́знес-ланч. Это борщ, котле́ты по-ки́евски, сала́т из помидо́ров и кисе́ль.

Воло́дя: Я не возража́ю. А ты, Ли́да?

Ли́да: Я согла́сна. Два ко́мплексных обе́да, пожа́луйста.

▶ **對話 1   在餐廳點午餐**

> 前置詞 из 接第二格名詞表示製成物品的組成部分，製作原料。

瓦洛佳：午安！我們要用餐。

服務生：好的。你們是要套餐還是單點？

瓦洛佳：套餐？

服務生：好的。我們的招牌商務套餐，包含羅宋湯、基輔炸雞、番茄沙拉和水果凍。

瓦洛佳：我不介意。麗達，你呢？

麗達：　我也同意。請來兩份套餐。

文法說明

俄語中表示「吃」的動詞有 есть—съесть / пое́сть 和 ку́шать— ску́шать / поку́шать。後者通常表示有禮貌地請對方吃。

例如：Ку́шайте, пожа́луйста.（請吃吧！）

　　　Что вы хоти́те заказа́ть?（您想吃什麼？）

注意動詞 есть 變位特殊，六個人稱形式別為：ем, ешь, ест, еди́м, еди́те, едя́т；過去時：ел, е́ла, е́ли；命令式：ешь (-те)。另外，湯作為一道菜，俄語中各種湯都不能用動詞 пить（喝），而用動詞 есть（吃），也就是吃湯 есть суп。

▶ **Диалог 2　Обе́дать в столо́вой.**

Андре́й:　Ма́ша, я хочу́ есть. Пойдём в столо́вую, там самообслу́-
живание, не ну́жно ждать.

Ма́ша:　Дава́й. Я то́же проголода́лась.

Андре́й:　На пе́рвое я возьму́ щи, на второ́е — котле́ты с ри́сом,
на тре́тье — компо́т. А ты?

Ма́ша:　Я то́же возьму́ щи и компо́т, но на второ́е —
обяза́тельно пельме́ни. Это моё люби́мое блю́до.

Андре́й:　(Касси́ру.) Нам, пожа́луйста, две по́рции щей, котле́ты с
ри́сом, пельме́ни и два компо́та.

Касси́р:　Вот ваш чек. Получи́те сда́чу. Прия́тного аппети́та!

> 基數詞 2 有性的區別：陽性 два，陰性
> две。與其連用的名詞用單數第二格。

▶ **對話 2　在食堂用午餐**

安德烈：瑪莎，我想吃東西了。我們去食堂吧，那裡是自助餐，不用等。

瑪莎：　好！我也餓了。

安德烈：第一道我要蔬菜湯，第二道肉餅配米飯，第三道來個糖煮水果。
你呢？

瑪莎：　我也要蔬菜湯和糖煮水果，但主菜必須是餃子，它是我的最愛。

安德烈：（在櫃台）我們來兩份蔬菜湯，肉餅配米飯，餃子和兩份糖煮水
果。

收銀員：這是您的收據。請收好零錢。祝您用餐愉快！

文化連結

俄羅斯用餐時一般按順序分別呈上。上菜時一般先上冷盤，主要是沙拉、火
腿、香腸、酸黃瓜等。接著是三道主菜：第一道是湯，例如魚湯、羅宋湯、鮮
魚湯、雜拌湯等；第二道菜為肉類，例如肉餅、煎肉塊、煎牛排、煎雞蛋等；
第三道菜通常是甜食，例如水果和飲料，一般是糖煮水果、冰淇淋、點心以及
果汁、茶或咖啡等飲料。

Step 1 最常用的場景單句

1. В торго́вом це́нтре большо́й вы́бор това́ров.
購物中心的商品很齊全。

* 此處的 торго́вый центр 可以替換為其他購物場所：универма́г 百貨公司，суперма́ркет 超市，магази́н 商店或店鋪，пасса́ж 遊廊式商場；ры́нок 市場，база́р 市集等。

2. Каки́е отде́лы в э́том универма́ге?
這個百貨公司有哪些商品銷售部呢？

* 在俄羅斯，商場裡通常會有各種商品部的指示牌：гото́вое пла́тье 服裝，о́бувь 鞋類，головны́е убо́ры 帽子，бельё 內衣，спортто-ва́ры 體育用品，косме́тика 化妝品，ювели́рные изде́лия 首飾，игру́шки 玩具，часы́ 鐘錶，электротова́ры 電器，ме́бель 傢俱等。

3. Когда́ открыва́ется магази́н?
商店幾點開門？

反 Когда́ закрыва́ется магази́н? 商店幾點關門？

答 Магази́н рабо́тает с девяти́ утра́ до восьми́ ве́чера, без обе́денного переры́ва. 商店營業是從早上 9 點到晚上 8 點，沒有午休。

4. Чем я могу́ вам помо́чь?
我能幫您什麼嗎？

同 Что вы хоти́те? 您想要什麼？

Вам что показа́ть? 您要看點什麼？

5. Я хоте́л бы купи́ть ру́сские сувени́ры. Что вы посове́туете? 我想買俄羅斯紀念品，您有什麼建議嗎？

* 值得從俄羅斯帶回來的紀念品主要有 матрёшка 俄羅斯娃娃，шкату́лка 首飾盒，плато́к 頭巾，янта́рь 琥珀等。

6. Покажи́те мне, пожа́луйста, э́тот шарф за 5000 рубле́й. 請給我看看這條 **5000** 盧布的圍巾。

* 前置詞 за 接第四格表示商品價格。

7. Како́й у вас разме́р? 您的尺吋是多少？

(同) Како́й разме́р вы но́сите? 您穿幾號？

8. Мо́жно посмотре́ть? 可以看看嗎？

(答) Коне́чно. Пожа́луйста. 當然，請吧！

(擴) Мо́жно приме́рить? 可以試一下嗎？

9. Ско́лько сто́ит э́тот моби́льник / смартфо́н? 這支手機／智慧型手機多少錢？

(答) Два́дцать во́семь пятьсо́т. 28500 盧布。

* 口語中表示價格時常常省略表示單位的名詞 рубль 盧布，копе́йка 戈比，甚至是數詞單位，例如 ты́сяча. 所以手機的價格確切來說是 два́дцать во́семь ты́сяч пятьсо́т рубле́й。

10. А подеше́вле есть? 有便宜點的嗎？

* 此處為前綴 по + 形容詞比較級表示在比較的性質程度上稍有加強，在口語中很常用。例如 помодне́е 更時尚的，потемне́е 顏色深一些的，посветле́е 顏色淺一些的，побо́льше 稍大一點的，поме́ньше 稍小一點的，поши́ре 寬鬆一點的，поу́же 緊一點的，подлинне́е 長一些的，покоро́че 短一些的。

▶ **Диалог 1　Де́лать поку́пку в гастроно́ме**

Продаве́ц: Здравствуйте. Чем могу́ вам помо́чь?

Ли Ся:　　Я хочу́ купи́ть вку́сные, но недороги́е конфе́ты.

Продаве́ц: Вот э́ти шокола́дные конфеты с ра́зными начи́нками, вам понра́вятся.

> 此處指代糖果。俄語中人稱代詞既可以指人，也可以指物。

Ли Ся:　　А ско́лько они́ сто́ят?

Продаве́ц: Ма́ленькая коро́бка сто́ит 300 рубле́й, а больша́я — 500 рубле́й.

Ли Ся:　　Да́йте, пожа́луйста, одну́ ма́ленькую коро́бку и торт за 182 рубля́.

Продаве́ц: Пожа́луйста. С вас 482 рубля́.

▶ **對話 1　在食品店購物**

銷售員：您好！有什麼能幫您的嗎？

李霞：　我想買一些好吃又不貴的糖果。

銷售員：這些巧克力糖裡面有各種內餡，您一定會喜歡。

李霞：　它們怎麼算？

銷售員：小盒子包裝的 300 盧布，大盒子的 500 盧布。

李霞：　請給我來一個小盒的，再拿一個 182 盧布的蛋糕。

銷售員：好的！總共 482 盧布。

文法說明

動詞 сто́ить 搭配名詞第四格、第二格或副詞，表示價格多少。

例如：— Ско́лько сто́ит э́та ру́чка? 這支鋼筆多少錢？

　　　— Ру́чка сто́ит 20 рубле́й. 鋼筆 20 盧布。

　　　Её часы́ сто́ят больши́х де́нег. 她的手錶值很多錢。

　　　Пла́тье сто́ило до́рого. 裙子很貴。

詢問價格除了用 Ско́лько сто́ит что? 之外，市場上購物還常用 Как продаётся ры́ба? 這魚怎麼賣？По како́й цене́ ры́бу вы продаёте? 魚按什麼價格販賣？或者更口語化的問句 Почём? 多少錢？

▶ **Диалог 2　Покупа́ть сувени́р в универма́ге**

Ли Дун:　Бу́дьте любе́зны, я хочу́ купи́ть что-нибу́дь на па́мять о
　　　　　Росси́и.

Продаве́ц: Ру́сские сувени́ры? Посмотри́те э́ту шкату́лку.

Ли Дун:　Хоро́шая вещь! То́лько она́ сли́шком дорога́.

Продаве́ц: Это ручна́я рабо́та. Таки́е ча́сто покупа́ют в пода́рок.

Ли Дун:　Хорошо́. Как раз мне ну́жно купи́ть ма́ме пода́рок.
　　　　　Плати́ть вам и́ли в ка́ссу? Мо́жно по креди́тной ка́рте?

Продаве́ц: Мо́жно. В ка́ссу заплати́те, пожа́луйста. Она́ ря́дом, в
　　　　　отде́ле.

> 前置詞 по 表示付款的方式或借助工具。

▶ **對話 2　在百貨公司購買紀念品**

李東：　　請問，我想買點什麼當作來俄羅斯的紀念。

銷售員：俄羅斯紀念品嗎？您看看這個首飾盒怎麼樣？

李東：　　東西還真不錯！就是價格太高。

銷售員：這個是純手工製品，經常有人買來當作禮品。

李東：　　好的。剛好我要給媽媽買禮物。錢是直接付給您還是去收銀台？
　　　　　可以刷信用卡嗎？

銷售員：可以的。請到收銀台付款，就在旁邊，在我們部門裡。

文化連結

莫斯科最著名的購物天堂是位於市中心的國家百貨商場（ГУМ）、中央百貨商店（ЦУМ）和老阿爾巴特街（Ста́рый Арба́т）。國家百貨商場位於莫斯科紅場東側，克里姆林宮後面，是世界知名的十家百貨商店之一。這間商場初建於 1893 年，並在 1953 年改建而成。中央百貨商店靠近大劇院，歷史同樣悠久，經過 1997 年的重建，增添了不少現代風格；阿爾巴特街有「老 ста́рый」和「新 но́вый」之分。老阿爾巴特是一條民俗步行街，主要是一些俄羅斯工藝品店、酒吧和餐館。新阿爾巴特則是現代商業街，既有百貨商場，也有服裝、家電的專營店。

Unit 12 飯店住宿

4-12

Step 1 最常用的場景單句

1. В какóй гостѝнице мы останóвимся?
我們將入住哪個飯店？

> * 旅館、飯店除了用來源於古斯拉夫語的純俄語單詞 гостѝница 以外，還可以用由拉丁語演變而來的外來詞 отéль [тэ]，發音類似英語單字 hotel。通常認為 отéль 著重於規模較大、設施完善、豪華的大型飯店。

2. Я хочý заброни́ровать нóмер.
我想訂一間房間。

(同) Я хочý заказáть нóмер. 我要訂房。

> * 預訂飯店房間在俄語中常用動詞 брони́ровать-заброни́ровать（原意為裝甲，保留），表示預先保留的含義。例如：брони́ровать мéсто в вагóне, в теáтре. 預留車廂或劇院的座位。而動詞 закáзывать-заказáть 表示預訂、訂購、訂製，例如：заказáть билéт на пóезд 訂火車票。

3. У вас есть свобóдные номерá?
你們還有空房間嗎？

(答) Свобóдных номерóв сейчáс нет. 暫時沒有空房間。

4. Какóй нóмер вам нýжен? На скóлько дней?
你們需要什麼樣的房間？住多久呢？

(答) Мне нýжен двухмéстный нóмер на два дня. 我需要雙人房，住 2 天。

5. Мне закáзан нóмер. Вот мои́ докумéнты.
我訂了房間。這是我的證件。

(答) Сейчáс посмотрю́. Да, ваш нóмер 396. 我馬上看一下。是的，你的房號是 396。

6. **Это ключ-ка́рта от ва́шего но́мера. Две́сти два́дцать два.** 這是您的房卡，**222** 號房。

   * 以前只是房門鑰匙，就用 ключ（鑰匙），現在都是用具有鑰匙功能的卡片（ка́рта）開門，因此用單字 ключ-ка́рта。開～的鑰匙用前置詞 от + 第二格名詞表示，例如：ключ от чемода́на 箱子的鑰匙。

7. **Я наде́юсь, э́то не бли́зко от ли́фта. Я пло́хо сплю.** 我希望房間不要離電梯太近，我睡眠不好。

   (答) Ваш но́мер в конце́ коридо́ра, о́кна выхо́дят на ро́щу.
   你的房間在走廊的盡頭，窗外是一片小樹林。

   * выходи́ть 在這裡和前置詞 на + 第四格搭配，指「朝著～方向」，例如：Окно́ выхо́дит на мо́ре. 窗戶朝向海。也可以用形容詞短尾做謂語的結構 Из о́кон ви́дно мо́ре. 從窗外可以看到海。

8. **Это ваш бага́ж? А тепе́рь разреши́те отнести́ ва́ши ве́щив но́мер.** 這是您的行李嗎？我現在替您搬到房間去。

   (答) Пожа́луйста, прошу́ вас. 好的，謝謝！

9. **В но́мере есть беспроводно́й интерне́т?**
   房間裡有無線網路嗎？

   (答) Да. В ка́ждом но́мере хорошо́ рабо́тает вай-фай.
   有的。每間房間 Wi-Fi 都很好。

10. **Мне ну́жно почи́стить костю́м, куда́ обрати́ться?**
    我需要清洗一件西裝，該找誰呢？

    (答) Позвони́те в пра́чечную, всё вам сде́лают. А спи́сок телефо́нов на столе́.
    打電話到飯店的洗衣部，會有人來處理。電話簿在桌上。

> 前置詞 на + 第四格表示客房使用的期限。

▶ **Диалог 1　Регистри́роваться у ресэ́пшн**

Ли Дун:	Здра́вствуйте! Одноме́стный но́мер на два дня, пожа́луйста.
Администра́тор:	С прие́здом! Ваш па́спорт, пожа́луйста.
Ли Дун:	Пожа́луйста. А ско́лько сто́ит но́мер со все́ми удо́бствами?
Администра́тор:	Три ты́сячи рубле́й в су́тки. Вас устра́ивает?
Ли Дун:	Норма́льно. Бу́ду благода́рен, е́сли о́кна выхо́дят на ти́хую у́лицу.
Администра́тор:	Хорошо́. Вот ключ-ка́рта от ва́шего но́мера. Это отли́чный но́мер.
Ли Дун:	Спаси́бо!

> е́сли 為條件從句連接詞，翻譯成「如果～」。

▶ **對話 1　在櫃檯辦理入住手續**

李東：　您好！單人房住兩晚。謝謝！

櫃檯：　歡迎！請出示您的護照。

李東：　好，這是我的護照。設備齊全的客房價格是多少呢？

櫃檯：　3000 盧布一晚。您覺得如何呢？

李東：　還可以。如果給我的客房窗戶能朝安靜的街道的話，我會非常感激。

櫃檯：　好的。這是您的房卡，這間房間很不錯。

李東：　謝謝！

文法說明

賓館的客房俄語中用 но́мер 表示，什麼樣的房間有如下列表達方法：

→ 表示幾人間除了用形容詞 одноме́стный 單人的，двухме́стный 雙人的，трёхме́стный 三人的之外，口語中還可以用前置詞 на 或 для，表示供幾人用的。如單人房為 но́мер на / для одного́；雙人房為 но́мер на / для двои́х。

→ 有無何種設施用 с чем 或 без чего́，例如 но́мер со все́ми удо́бствами 房間設備齊全，но́мер без балко́на 房間無陽臺。

▶ **Диалог 2　Сда́ча но́мера в гости́нице**

Ли Дун:	Прости́те, я сего́дня уезжа́ю. Когда́ мне сдать но́мер?
Го́рничная:	К двена́дцати, пожа́луйста. Ина́че должны́ доплати́ть за полови́ну су́ток.
Ли Дун:	Хорошо́. Че́рез де́сять мину́т вы мо́жете прове́рить но́мер.
Го́рничная:	Ка́рточку вам ну́жно сдать администра́тору, в хо́лле на пе́рвом этаже́.
Ли Дун:	Пригото́вьте, пожа́луйста, счёт. Но́мер де́сять-два́дцать во́семь.
Администра́тор:	Одну́ мину́ту. Вот ваш счёт, всего́ сто шестьдеся́т до́лларов. Квита́нция нужна́?
Ли Дун:	Да. Спаси́бо!

> 此處為第四格，省略了動詞 подожди́те，翻譯為「稍等一下」。

▶ **對話 2　飯店退房**

李東：	您好！我今天要離開，請問應該什麼時候退房？
樓層服務員：	請在 12 點以前，否則會需要多付半天的房費。
李東：	好的。10 分鐘後您可以檢查房間。
樓層服務員：	房卡需要交到櫃檯，在一樓大廳。
李東：	請幫我準備明細，1028 號房。
櫃檯：	稍等！您的明細，總共 160 美元。收據需要嗎？
李東：	要。謝謝！

文化連結

俄羅斯大多數旅遊城市的飯店、旅館或民宿都可以在網上提前預訂，較常使用的是 www.booking.com、www.airbnb.com 等網站，後者的民宿較多。近幾年來，住宅式的民宿在俄羅斯迅速發展。民宿用俄語表達為 апартаме́нт, апарт-оте́ль。如果在一個城市停留超過 7 天，需要辦理落地簽，通常飯店會協助辦理。

13 問路與搭車

4-13

Step 1 最常用的場景單句

1. Скажи́те, пожа́луйста, как попа́сть на Дворцо́вую пло́щадь? 請問，如何去冬宮廣場？

(同) Как добра́ться до Дворцо́вой пло́щади? 請問，怎麼才能到冬宮廣場？

　* 以上是不確定目的地具體位置，也不知如何去時的問路句型。如果希望步行去，分別換成動詞 пройти́ 和 дойти́；希望是搭乘交通工具過去，則用 прое́хать 和 дое́хать。

2. Вы не подска́жете, где метро́?
請問哪裡可以搭乘地鐵？

(同) Вы не ска́жете, где нахо́дится ста́нция метро́? 您能告訴我地鐵站在哪裡嗎？

(答) Иди́те пря́мо, пото́м напра́во и уви́дите. 直走，然後右轉就會看到了。

3. Вы выхо́дите на сле́дующей остано́вке?
您在下一站下車嗎？

(答) Да. Выхожу́. 對，我要下車。

　　Нет. Пожа́луйста. 不，請過去吧！

4. Далеко́ отсю́да кни́жный магази́н?
書店離這裡遠嗎？

(答) Не бли́зко, о́коло ча́са езды́. 不近，大約 1 小時的車程。

　　Недалеко́, мину́т де́сять ходьбы́. 不遠，步行約 10 分鐘左右。

　* 俄語中表示大約可以用前置詞 о́коло + 第二格數詞片語，也可以把數詞置於名詞後面。

5. От до́ма до рабо́ты нет прямо́го сообще́ния.
從家到上班的地方沒有直達車。

(同) Дое́хать до рабо́ты с переса́дкой. 到上班的地方需要轉車。

(反) Дое́хать до рабо́ты без переса́дки. 到上班地方不用轉車。

6. Ско́лько часо́в вы лете́ли на самолёте из Пеки́на в Москву́? 您從北京到莫斯科的航班飛了幾個小時？

(答) Во́семь часо́в. 8 個小時。

　　* 搭飛機去哪裡可以用動詞 лете́ть，也可以用搭乘交通工具的通用動詞
　　　е́хать。

7. Как вы дое́хали до Санкт-Петербу́рга?
您是怎麼去聖彼德堡的？

(答) На самолёте. / Самолётом. 坐飛機。

8. Во ско́лько вылета́ет самолёт из Москвы́?
飛機幾點從莫斯科起飛？

(答) В семна́дцать три́дцать. 17:30。

　　* 飛機起飛，火車、汽車、輪船等交通工具的出發時間會採取 24 小時
　　　制，借助前置詞 в + 先小時後分鐘的基數詞表示。

9. Сего́дня самолёт при́был во́время.
今天飛機準時抵達了。

(反) Рейс заде́рживается. 航班延誤了。

10. Мне ну́жен оди́н биле́т на по́езд из Москвы́ в Ирку́тск на 4-ое октября́. 我要一張 10 月 4 日莫斯科到伊爾庫次克的火車票。

(問) Вам купе́йный и́ли плацка́ртный? 您是要包廂還是硬臥呢？

　　* 俄語中常用帶前置詞片語來限定名詞 биле́т：如：биле́т в кино́ 電影
　　　票，биле́т на футбол 足球票；биле́т в одну́ сто́рону (в оди́н коне́ц) 單
　　　程票，биле́т туда́ и обра́тно 來回票；биле́т на девя́тое ма́я 5 月 9 日的
　　　票。

> ближа́йшая 是形容詞 бли́зкий
> 的最高級，意為最近的。

▶ **Диалог 1　Дойти́ до метро́**

Ли Дун:　Бу́дьте до́бры, вы не ска́жете, где здесь ближа́йшая ста́нция метро́?

Прохо́жая:　Иди́те пря́мо, в конце́ у́лицы поверни́те напра́во, и уви́дите "М", там и есть метро́.

Ли Дун:　Это далеко́ отсю́да?

Прохо́жая:　Нет. Совсе́м бли́зко. Пять мину́т ходьбы́.

Ли Дун:　Спаси́бо большо́е.

Прохо́жая:　Пожа́луйста.

▶ **對話 1　步行到地鐵站**

李東：　請問最近的地鐵站在哪兒？

路人：　您這條路走到底然後右轉，你就會看到一個「M」，那就是地鐵站了。

李東：　離這裡遠嗎？

路人：　不遠，很近。走路 5 分鐘。

李東：　非常感謝！

路人：　不客氣。

文法說明

在俄語中，表示去哪裡時，步行用動詞 идти́，搭乘交通工具用動詞 е́хать 搭配前置詞 на 加上表示運輸工具的名詞第六格片語或者名詞第五格。例如：на самолёте / самолётом 坐飛機，на по́езде / по́ездом 坐火車，на авто́бусе / авто́бусом 坐公車，на такси́ 坐計程車，на метро́ 搭地鐵等。表示去的方向用 в 或 на + 第四格地點名詞，來的方向用對應的前置詞 из 或 с + 第二格地點名詞。如：идти́ из аудито́рии в общежи́тие 從教室往宿舍走，е́хать на такси́ с вокза́ла на Кра́сную пло́щадь 從火車站坐計程車到紅場。

▶ **Диалог 2　Доéхать до гостúницы**

Воло́дя:　Ли Ся, наве́рное, ты уже́ уста́ла. Сего́дня мы обошли́ пол-го́рода.

Ли Ся:　Че́стно говоря́, уста́ла ужа́сно. Мы мо́жем на чём-нибу́дь доéхать до гости́ницы.

Воло́дя:　Дава́й возьмём такси́. Или ся́дем на маршру́тку.

Ли Ся:　Пое́дем лу́чше на городско́м тра́нспорте. Я ни ра́зу ещё не е́здила.

Воло́дя:　Ну, ла́дно. Тогда́ мы должны́ перейти́ на другу́ю сто́рону. Деся́тый тролле́йбус идёт до на́шей гости́ницы.

Ли Ся:　Хорошо́. Мо́жно доéхать без переса́дки?

Воло́дя:　Да. То́лько ну́жно е́хать полчаса́.

> 當表示過去從來沒有過的行為時，用不定向運動動詞的過去時。

▶ **對話 2　搭車回飯店**

瓦洛佳：李霞，你肯定也累了吧。今天我們逛了半個城市了。

李霞：　說實話，我累壞了。我們搭個交通工具回飯店吧。

瓦洛佳：那就叫計程車吧！或坐小巴回去。

李霞：　那我們還是選市內公共交通工具吧，我一次都還沒坐過。

瓦洛佳：那好吧！我們要走到對面。10 路電車會到我們飯店。

李霞：　好。不用轉車吧？

瓦洛佳：對，只是要坐半小時。

文化連結

俄羅斯的城際交通有長途汽車、火車、水路運輸以及飛機，從機場到市中心可以搭乘機場巴士、直達班車、計程車以及城際列車，在一些大城市也有機場輕軌。大城市的市內公共交通主要有地鐵、公車、有軌電車、無軌電車以及定線巴士。莫斯科的市內交通十分發達，地鐵是主要交通工具，享有「地下的藝術殿堂」的美稱。莫斯科地鐵也是世界上規模最大的地鐵系統之一，從 1935 年正式通車以來，不斷向四周擴展和延伸，形成了目前龐大的環線和輻射線交叉線路網。

Step
1 　最常用的場景單句

1. Я хочу́ уча́ствовать в однодне́вной пое́здке по Москве́.
　　我想參加莫斯科一日遊。

(答) Како́й тур вы предпочита́ете? Группово́й и́ли ча́стный?
　　您比較喜歡哪種旅遊方式？是跟團還是自由行呢？

　　* ча́стный 相當於 индивидуа́льный，表示「個人的」。

2. Вы не хоти́те осмотре́ть ВДНХ?
　　你們想去參觀國家經濟成就展嗎？

(答) Очень хоти́м посети́ть э́ту вы́ставку. 我們非常想去看這個展覽。

　　* ВДНХ 是 Выставка достижений Народного хозяйства СССР 的縮寫，
　　　意思是「蘇聯國家經濟成就展」。

3. Что вас интересу́ет?
　　您對什麼感興趣？

(答) Расскажи́те, пожа́луйста, об э́том экспона́те. 請介紹一下這個展品。

4. Что вхо́дит в сто́имость?
　　團費包含哪些項目呢？／哪些費用含在總金額裡呢？

(答) Расхо́ды на тра́нспорт, прожива́ние и пита́ние. 交通費、住宿費和餐費。

　　* 前置詞 на + 第四格在這裡表示團費的支出用於哪些地方。

5. Мы потра́тили семь дней на экску́рсию по Москве́.
　　我們花了 7 天的時間遊覽莫斯科。

(同) Мы потра́тили це́лую неде́лю на осмо́тр достопримеча́тельностей
　　Москвы́. 我們花了整整一周的時間參觀莫斯科的名勝古蹟。

6. Ско́лько сто́ит биле́т в музе́й? 博物館的門票多少錢？

(答) 500 рубле́й для взро́слых, 200 для дете́й.
成人票 500 盧布，兒童票 200 盧布。

> * биле́т 和前置詞 в, на 搭配名詞的非一致定語比形容詞作一致定語使
> 用更廣。例如：биле́т в теа́тр 劇院入場票，биле́т на по́езд 火車票，
> биле́т на о́перу 歌劇票，биле́т в кино́ 電影票，биле́т на сего́дня 今天
> 的票。

7. Извини́те, у вас в музе́е всегда́ так мно́го наро́ду?
請問，你們博物館裡總是那麼多人嗎？

(答) Да, всегда́, осо́бенно в суббо́ту и воскресе́нье.
對，總是如此，尤其是週六和週日。

> * наро́ду 是特殊的單數第二格形式，мно́го наро́ду 表示許多人，也可以
> 用 мно́го люде́й 表示。只是前者突顯出不同民族、國家、職業、社會
> 階層，形形色色的許多人。

8. В каки́х места́х вы побыва́ли? 你們參觀了哪些地方呢？

(答) Мы бы́ли в Кремле́, Истори́ческом музе́е, ГУМе и ЦУМе.
我們去了克里姆林宮、歷史博物館、國家百貨商場和中央百貨。

9. Го́род Ту́ла изве́стен всему́ ми́ру пря́никами и самова́рами.
圖拉以薑餅和茶炊著稱。

(同) Го́род Ту́ла знамени́т по всему́ ми́ру пря́никами и самова́рами.
圖拉以薑餅和茶炊聞名於全世界。

Го́род Ту́ла сла́вится на весь мир пря́никами и самова́рами.
圖拉的薑餅和茶炊享譽全球。

10. Мне о́чень нра́вится э́тот го́род.
我很喜歡這座城市。

(同) Я люблю́ э́тот го́род. 我愛這座城市。

> * нра́виться-понра́виться 意思為「使某人感到喜歡」，主要是感官上
> 的反應，主語可以是人、物、事件。люби́ть-полюби́ть 強調主觀上的
> 愛，熱愛。

▶ **Диалог 1　Экску́рсия по Москве́**

Ма́ша:　Вы с Ли Ся бы́ли вчера́ на экску́рсии по го́роду?

Ли Дун:　Да, э́то была́ о́чень интере́сная экску́рсия.

Ма́ша:　Где́ вы бы́ли?

Ли Дун:　Мы е́здили в Третьяко́вскую галере́ю, пото́м гуля́ли в па́рке.

Ма́ша:　А ве́чером?

быть 搭配 где 過去時表示去過哪裡。

Ли Дун:　Ве́чером бы́ли в Большо́м теа́тре, смотре́ли бале́т "Лебеди́ное о́зеро".

Ма́ша:　А вам понра́вился Большо́й теа́тр?

Ли Дун:　Очень! И теа́тр, и бале́т, потряса́юще! Мы о́чень ра́ды, де́ньги потра́тили не да́ром.

▶ **對話 1　莫斯科觀光**

瑪莎：　您和李霞昨天去參觀城市了吧？

李東：　對啊。這次的郊遊非常有趣。

瑪莎：　你們去了哪些地方呢？

李東：　我們去了特列季亞科夫畫廊，然後在公園裡散步。

瑪莎：　晚上呢？

李東：　晚上去了莫斯科大劇院，看了芭蕾《天鵝湖》。

瑪莎：　您喜歡大劇院嗎？

李東：　太喜歡了！不管是劇院還是芭蕾，都很棒！我們都非常開心，錢沒有白花。

文法說明

觀光旅遊的話題中常常用到俄語中的運動動詞，例如：идти́ — ходи́ть 走，е́хать — е́здить 搭乘，лете́ть — лета́ть 飛／搭飛機，плыть — пла́вать 游／搭船。前者為定向動詞，表示一次具體、有方向的運動。後者為不定向動詞，表示一次往返或多次重複的運動。

▶ **Диалог 2　Путешéствие по Вóлге**

Ли Ся:　Волóдя, ты путешéствовал ли когдá-нибудь по Вóлге?

Волóдя:　Ещё бы! Недáвно мы с Лúдой совершúли вторóй круúз по Вóлге.

> по + 第三格表示「沿著～」和「順著～而行」。

Ли Ся:　Скóлько дней длúтся круúз?

Волóдя:　Семь. В э́тот раз мы вы́брали маршрýт "Вниз по Вóлге".

Ли Ся:　В какúх городáх вы побывáли?

Волóдя:　Мы посетúли гóрод-музéй Мы́шкин, рóдину динáстии Романовых Костромý, Нúжний Нóвгород Гóрького и трéтью столúцу Россúи Казáнь.

Ли Ся:　Ну и как впечатлéния?

Волóдя:　Прекрáсные! Вúдели стóлько пáмятников и красóт прирóды!

> 不定量數詞，同 óчень мнóго。

▶ **對話 2　沿著窩瓦河旅遊**

李霞：　瓦洛佳，你有沿著窩瓦河旅遊過吧？

瓦洛佳：那還用説！不久前我和麗達又一次搭船遊窩瓦河。

李霞：　是幾天的行程？

瓦洛佳：7 天。這次我們選擇的路線是順流而下。

李霞：　你們都到過哪些地方呢？

瓦洛佳：我們參觀了梅什金城市博物館、羅曼諾夫王朝發源地科斯特羅馬、高爾基城下諾夫哥羅德和被譽為俄羅斯第三首都的喀山。

李霞：　印象怎麼樣？

瓦洛佳：很棒！飽覽了許多古蹟和自然美景。

文化連結

俄羅斯的旅遊資源非常豐富，有美麗的自然風光，也有璀璨的文化古蹟，目前最經典的歷史文化旅遊線路則是俄羅斯金環，這條環形旅遊路線包括六座古城，也就是謝爾蓋耶夫鎮—弗拉基米爾—蘇茲達爾—科斯特羅馬—烏格里奇—雅羅斯拉夫爾。

Unit
15 醫院看病

4-15

Step 1 最常用的場景單句

1. Что с тобóй? 你怎麼啦？

(答) Мне нездорóвится. 我不舒服。

Я заболéла. 我生病了。

Я больнá. 我在生病。

2. Я совéтую вам обратúться к врачý. 我建議您去看醫生。

(擴) Нýжно срóчно вы́звать врачá нá дом. 需要馬上請醫生來家裡治療。

Нáдо вы́звать скóрую пóмощь. 應該叫救護車。

3. Бýдьте дóбры, запишúте меня́ на приём к хирýргу. 麻煩，請幫我掛外科醫生的號。

(同) Здрáвствуйте. Мне нýжно к хирýргу. 您好，我要看外科。

(答) Возьмúте талóн к врачý. Вторóй этáж, шестнáдцатый кабинéт. 請拿著掛號單去找醫師。在 2 樓，16 號看診室。

4. На что вы жáлуетесь? 您哪裡不舒服？

(同) Что вас беспокóит? 您有哪些症狀？

(答) У меня́ <u>понóс</u>. 我拉肚子。

высóкая температýра / жар 發燒	рвóта 嘔吐	запóр 便秘	бессóнница 失眠
тошнотá 噁心	нáсморк 流鼻水	óбщая слáбость 體虛	перелóм кóсти 骨折

5. У вас все при́знаки анги́ны.
您完全是咽喉炎的症狀。

грипп 流感	со́лнечный уда́р 中暑	о́стрый аппендици́т 急性闌尾炎
гепати́т 肝炎	малокро́вие 貧血	просту́да 感冒
при́ступ аппендици́та 闌尾炎發作	я́зва желу́дка 胃潰瘍	воспале́ние лёгких 肺炎

6. Что у меня́, до́ктор? 醫生，我身體出什麼問題了？

(答) Ничего́ стра́шного. 沒什麼大礙。

Ничего́ опа́сного. 沒什麼大病。

* врач 和 до́ктор 的字義都是「醫生」，但作稱呼語時只能用後者。

7. Не беспоко́йтесь, всё бу́дет хорошо́.
別擔心，一切都會好起來的。

(同) Не волну́йтесь, всё пройдёт. 別著急，一切都會過去的。

8. Как вы себя́ чу́вствуете? 您現在感覺怎麼樣？

(答) Нева́жно, я о́чень уста́ла. 不太好，感覺很疲倦。

Уже́ ста́ло лу́чше. 已經好多了。

9. Жела́ю вам скоре́йшего выздоровле́ния.
祝您儘快恢復健康。

(同) Выздора́вливайте. 早日痊癒！

Поправля́йтесь. 早日康復！

* 同義句中的未完成體命令式表示祝福。

10. Да́йте, пожа́луйста, мне лека́рство по реце́пту.
請按處方給我拿藥。

* 藥局一般設有：реце́пту́рный отде́л 配方部、отде́л гото́вых лека́рств
成藥部、отде́л ручно́й прода́жи 販賣部。

▶ **Диало́г 1　Обраща́ться к врачу́**

Терапе́вт:　Сади́тесь, пожа́луйста. На что жа́луетесь?

Ли Дун:　У меня́ ка́шель, боли́т голова́.

Терапе́вт:　А температу́ра есть?

Ли Дун:　Утром бы́ло 37,8 (три́дцать семь и во́семь).

Терапе́вт:　Сними́те руба́шку... Дыши́те... Не дыши́те... Ви́димо, вы простуди́лись.

Ли Дун:　Мне ну́жно лежа́ть?

Терапе́вт:　Да. Полежи́те два-три дня. Вот вам реце́пт. И пе́йте на ночь горя́чее молоко́ с мёдом.

Ли Дун:　Спаси́бо, до́ктор. До свида́ния.

> на ночь = пе́ред сном.
> 表示在睡前。

▶ **對話 1　醫院看診**

內科醫生：請坐下。您哪裡不舒服？

李東：　　我咳嗽，頭疼。

內科醫生：有發燒嗎？

李東：　　早上的時候 37.8℃。

內科醫生：請脫掉襯衫。吸氣…憋氣…看來，您是感冒了。

李東：　　我需要躺著多休息嗎？

內科醫生：對。要躺個兩三天。我給您處方籤，然後睡前喝加蜂蜜的熱牛奶。

李東：　　謝謝醫生！再見。

文法說明

動詞 боле́ть 有兩種變位形式。

→ 生病，患病，-е́ю, -е́ешь, -е́ют. 無補語或接чем（生哪種病）

例如：тяжело́ боле́ть 得重病　боле́ть гри́ппом 得流感

　　　→ 疼痛，-ли́т, -ля́т. 一、二人稱不用。

例如：— Что у вас боли́т? / Где у вас боли́т? 您哪裡痛？

　　　— Глаза́ боля́т. 眼睛痛。

動詞 заболе́ть 表示開始生病，得病或疼痛起來。例如：Зуб заболе́л. 開始牙痛。

▶ **Диалог 2 Брать лека́рство в апте́ке**

Ли Дун:　Здра́вствуйте! Да́йте, пожа́луйста, лека́рство от ка́шля.

Апте́карь:　У вас есть реце́пт?

Ли Дун:　Да, пожа́луйста. А до́лго ждать?

Апте́карь:　Ждать не на́до. Это гото́вое лека́рство. Плати́те в ка́ссу.

Ли Дун:　Как его́ принима́ть?

Апте́карь:　Принима́йте три ра́за в день по́сле еды́.

Ли Дун:　Большо́е спаси́бо.

Апте́карь:　К ва́шим услу́гам! Поправля́йтесь.

> от + 第二格表示預防或者治療某種疾病。也可以用про́тив + 第二格，如 лека́рство про́тив от СПИДа 抗愛滋病的藥。

▶ **對話 2 藥局買藥**

李東：　您好！請給我一些止咳藥！

藥局店員：您有處方籤嗎？

李東：　有的。請問需要等很久嗎？

藥局店員：不用等。這個是成藥。請到收銀台付款。

李東：　這個藥怎麼服用呢？

藥局店員：一日 3 次，飯後服用。

李東：　非常感謝！

藥局店員：我們很高興為您服務！祝您早日康復！

文化連結

俄羅斯公民在俄羅斯聯邦內能夠免費享受醫療服務，資金的主要來源為醫療保險基金。在俄羅斯，醫藥是分開的，醫院和藥局之間沒有任何關聯。一般公民到醫院去看病都是免費的。若是常規性疾病，例如感冒，病人叫以憑藉醫生的處方到藥店去買藥，藥的價格也不貴，因為國家對基礎藥品的價格有限制。而對於癌症或一些突發性重大疾病，診療費和病人住院期間的食宿全都由政府承擔。另外，在俄羅斯撥打急救電話，話機撥打 03，手機撥打 103，但電信業者要撥打 030。

4-16

Step 1 最常用的場景單句

---

1. Где мо́жно обменя́ть валю́ту?
哪裡可以換外幣？

(同) Где производится обмен валюты? 在哪裡兌換外幣？

(答) В ба́нках и́ли в обме́нниках. 在各大銀行或者外幣兌換處。

　　* обме́нник 是口語用詞，相當於 пункт обме́на валю́ты（貨幣兌換處）。

---

2. Како́й сего́дня курс?
今天匯率是多少？

(答) Оди́н до́ллар сто́ит 69 рубле́й. 1 美元兌換 69 盧布。

　　Курс америка́нского до́ллара на рубль: оди́н до́ллар — 69 рубле́й.
　　美元兌盧布的匯率為 1:69。

---

3. Я хочу́ обменя́ть 500 до́лларов на рубли́.
我想用 **500** 美元兌換盧布。

(答) Хорошо́. Да́йте, пожа́луйста, ваш па́спорт. 好的。請出示您的護照。

　　* обменя́ть что（換掉的物品） на что（得到的物品）：用什麼換成什麼

---

4. Прости́те, мне ну́жно откры́ть счёт в ба́нке.
打擾了，我要在銀行開個帳戶。

(反) Извини́те, я хочу́ закры́ть счёт в ба́нке. 麻煩一下，我想註銷銀行帳戶。

　　* закры́ть 的字義為關閉，此處的意思同 аннули́ровать（清除，廢除）。

5. Как офо́рмить вклад и возвра́т вкла́дов?
怎麼辦理存款和提款的手續？

(答) Мо́жете идти́ к ка́ссе, мо́жете и че́рез банкома́т.
可以去窗口，也可以在提款機上辦理。

Обраща́йтесь к сотру́дникам и́ли офо́рмите че́рез банкома́т.
找櫃檯或提款機上辦理。

6. Я хочу́ офо́рмить креди́тную ка́рту.
我想辦一張信用卡。

(答) Ну́жно сперва́ запо́лнить бланк. 需要先填一張表格。

* сперва́ 是俗語，可以用снача́ла, внача́ле 替換。

7. Извини́те, вы непра́вильно ввели́ код.
抱歉，您輸入的密碼不正確。

(同) Вы оши́блись ко́дом. 您的密碼輸入錯誤。

8. Вы хоти́те вложи́ть де́ньги на обы́чный счёт и́ли на
сро́чный? 您想存活期還是定期呢？

(答) Бессро́чный, пожа́луйста. Удо́бнее: в любо́е вре́мя мо́жно снять де́ньги со
своего́ счёта.
活期吧！會更方便，隨時可以從自己的帳戶提款。

9. Да́йте мне, пожа́луйста, ме́лкие банкно́ты.
請給我小面額的鈔票。

(反) Да́йте, пожа́луйста, до́ллары кру́пными купю́рами.
請給我大面額的美元。

* банкно́ты 指銀行的紙幣，鈔票。

10. Как получи́ть креди́ты из ба́нка?
如何獲得銀行貸款？

(同) На каки́х усло́виях банк предоставля́ет креди́ты?
銀行的貸款條件是什麼？

* 貸款的種類有：комме́рческий креди́т 商業貸款，потреби́тельский
креди́т 消費貸款，беспроце́нтный креди́т 無息貸款，автокреди́т 車
貸，ипоте́ка 房貸等。

▶ **Диалог 1** Обме́нивать валю́ты в ба́нке

Ли Дун: До́брый день! Я хочу́ поменя́ть шестьсо́т до́лларов на рубли́.

Рабо́тник: Да́йте, пожа́луйста, ваш па́спорт.

Ли Дун: А како́й сего́дня курс?

Рабо́тник: Посмотри́те на пане́ль. Оди́н до́ллар — 69,08 рубля́.

Ли Дун: Оке́й. Пожа́луйста, со́рок ты́сяч рубле́й кру́пными купю́рами, остальны́е ме́лкими.

Рабо́тник: Одну́ мину́ту. Получи́те, пожа́луйста, де́ньги.

Ли Дун: Спаси́бо! До свида́ния!

> 小數後的名詞用單數。此處可讀成：шестьдеся́т де́вять рубле́й во́семь копе́ек。

▶ **對話 1** 在銀行換外幣

李東： 您好！我想把 600 美元換成盧布。

工作人員：請出示您的護照。

李東： 今天的匯率如何？

工作人員：請看螢幕。1 美元兌換 69.08 盧布。

李東： 好。請給我 4 萬盧布大面額的鈔票，其餘的小面額。

工作人員：稍等一下！這是您兌換的錢。

李東： 謝謝！再見！

文法說明

存款、提款是在銀行辦理的其中一項主要業務。存錢的俄語表達句型為：внести́ де́ньги куда́. 其中動詞可以替換為 вложи́ть, положи́ть, сдать 等，куда́ 可以是 в банк（存入銀行）或是 на како́й счёт（存入某個帳戶）。若要表示在銀行有存款，則用 держа́ть (име́ть) вклад в ба́нке（在銀行擁有存款），храни́ть де́ньги в ба́нке（把錢存放在銀行）。提款則用句型 снять де́ньги отку́да，動詞可替換為 взять, получи́ть.

▶ **Диало́г 2　Откры́ть счёт в ба́нке**

Рабо́тник:　Здра́вствуйте! Чем я могу́ вам помо́чь?

Ли Ся:　Здра́вствуйте! Я из Кита́я, но рабо́таю здесь. Хоте́ла бы
откры́ть счёт в ва́шем ба́нке.

Рабо́тник:　Нам пона́добится ваш па́спорт, ко́пия па́спорта с
нотариа́льно заве́ренным перево́дом, ви́за, регистра́ция
и миграцио́нная ка́рта.　否定句中被否定的名詞用第二格。

Ли Ся:　У меня́ при себе́ почти́ все докуме́нты. Не бу́дет проблём?

Рабо́тник:　Никаки́х, е́сли вы нахо́дитесь здесь лега́льно. Покажи́те,
пожа́луйста, ваши докуме́нты.

Ли Ся:　Пожа́луйста. Офо́рмите мне и ба́нковскую ка́рту. Бу́дет удо́бно.

Рабо́тник:　Разуме́ется. Тепе́рь запо́лните э́тот бланк.

▶ **對話 2　銀行辦理開戶**

工作人員：　您好！我有什麼可以協助您的？

李霞：　　　您好！我來自中國，現在在這裡工作。我想在你們銀行開個
帳戶。

工作人員：　需要您的護照正本和公證過的翻譯木、簽證、居住登記證和
移民卡。

李霞：　　　幾乎所有的證件我都帶著的。不會有問題吧？

工作人員：　如果您在這裡是合法居留的話，開戶不會有任何問題。請出
示您的文件。

李霞：　　　好的。也請幫我申辦一張銀行卡，會更方便。

工作人員：　當然。現在請填寫這張表格。

文化連結

俄羅斯主要的銀行有俄羅斯聯邦儲蓄銀行（Сбербанк，俄羅斯國有銀行），
俄羅斯外貿銀行（ВТБ банк，俄羅斯主要商業銀行之一），俄羅斯天然氣工
業銀行（Газпромбанк，由世界最大的天然氣生產商和出口商 Gazprom 創
立），俄羅斯阿爾法銀行（Альфа‧банк，俄羅斯最大的私人銀行）。

台灣廣廈 國際出版集團
Taiwan Mansion International Group

國家圖書館出版品預行編目（CIP）資料

全新！自學俄語看完這本就能說：專為華人設計的俄語教材，字母、發音、單字、文法、會話一次學會！/ 劉平著. -- 新北市：語研學院出版社, 2023.09
面；　公分
ISBN 978-626-97565-4-4(平裝)
1.CST: 俄語 2.CST: 讀本

806.18　　　　　　　　　　　　　　　　　　112012844

全新！自學俄語看完這本就能說

作　　者／劉平	編輯中心編輯長／伍峻宏
審　　定／伊凡尤命	編輯／陳怡樺
	封面設計／林珈仔・內頁排版／菩薩蠻數位文化有限公司
	製版・印刷・裝訂／東豪・紘億・秉成

行企研發中心總監／陳冠蒨	線上學習中心總監／陳冠蒨
媒體公關組／陳柔彣	數位營運組／顏佑婷
綜合業務組／何欣穎	企製開發組／江季珊

發　行　人／江媛珍
法律顧問／第一國際法律事務所 余淑杏律師・北辰著作權事務所 蕭雄淋律師
出　　　版／語研學院
發　　　行／台灣廣廈有聲圖書有限公司
　　　　　　地址：新北市235中和區中山路二段359巷7號2樓
　　　　　　電話：（886）2-2225-5777・傳真：（886）2-2225-8052
讀者服務信箱／cs@booknews.com.tw

代理印務・全球總經銷／知遠文化事業有限公司
　　　　　　地址：新北市222深坑區北深路三段155巷25號5樓
　　　　　　電話：（886）2-2664-8800・傳真：（886）2-2664-8801
郵政劃撥／劃撥帳號：18836722
　　　　　　劃撥戶名：知遠文化事業有限公司（※單次購書金額未達1000元，請另付70元郵資。）

■出版日期：2023年10月　　　　ISBN：978-626-97565-4-4